Savia

ciencias sociales

sm

2 primaria

TU LIBRO

Qué importante es...

- querer descubrir cosas nuevas.
- saber cómo ayudar en tu entorno.
- no contaminar la naturaleza.

Comenzarás cada unidad reflexionando sobre un valor a partir de un texto o una imagen.

Secciones más destacadas

CONTENIDOS

- Contextos iniciales e imágenes motivadoras y cercanas.
- Actividades que te ayudarán a comprender los contenidos.

TALLER DE DESCUBRIMIENTOS

Conocerás procedimientos que te acercarán a las ciencias sociales.

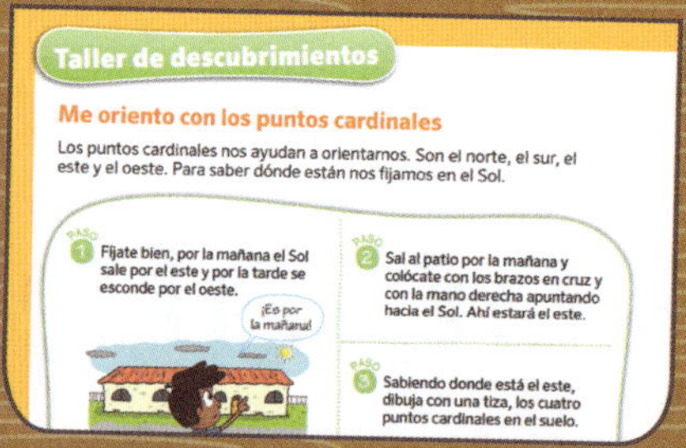

REPASO

- Esquemas de la unidad.
- Actividades para repasar.

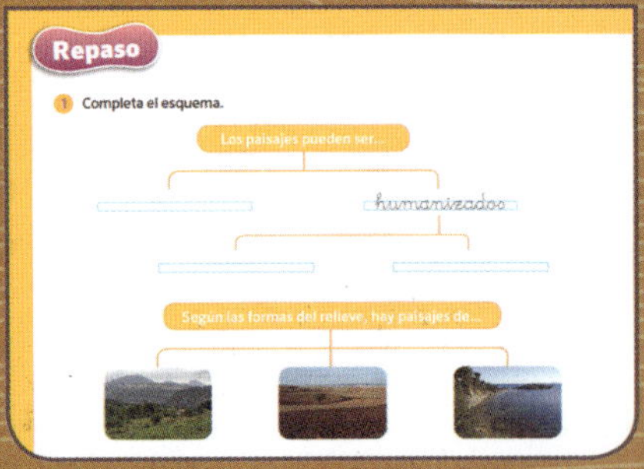

LEO Y PIENSO

En cada unidad, encontrarás un texto con actividades para desarrollar el pensamiento divergente.

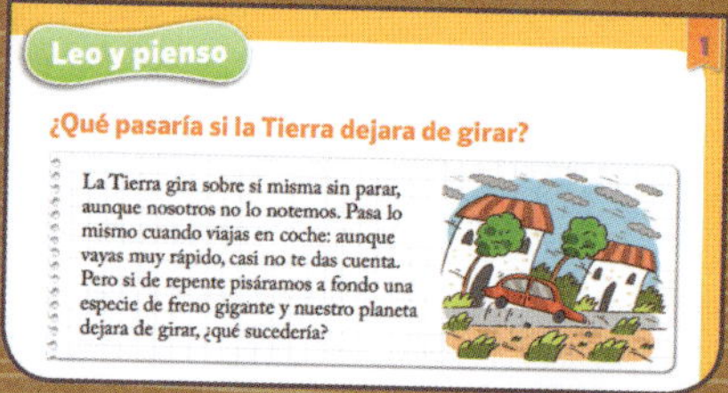

Ponte a prueba

Pon en marcha tus competencias y comprueba lo que has aprendido con la **tarea final**.

Y además...

Al final de cada trimestre

- COMPRUEBA LO QUE HAS APRENDIDO
- PROYECTO TRIMESTRAL

Junto con el libro

EL DIARIO DE ISMAEL

Tu entorno de aprendizaje **Savia**digital

(www.smsaviadigital.com)
Tu sitio en internet para aprender y divertirte.

Observa y relaciona

Vídeos y animaciones que te ayudarán a comprender mejor los contenidos.

Actividad inicial

Juega y aprende

Juegos y actividades. Así no se te olvidará nada de lo que aprendas.

Valora lo aprendido

Actividades finales con las que comprobarás todo lo que has aprendido y cómo has trabajado.

Actividad interactiva

Entrar en **Savia**digital es fácil:

1. Escribe en internet la siguiente dirección: smsaviadigital.com
2. Regístrate e introduce el número de licencia que encontrarás nada más abrir tu libro.
3. Como solo debes registrarte una vez, anota tu identificador y contraseña.

Índice

Contenidos

Secciones finales

El diario de Ismael

1 De paseo por el espacio

Hablamos y descubrimos

Anoche Ismael se durmió mirando el cielo a través de su ventana. ¿Y si pudiera llegar hasta la Luna? En cuanto cerró los ojos, soñó que era un astronauta y volaba hacia la Luna. Mientras, dejaba atrás un planeta redondo y azul. Justo cuando iba a alunizar… ¡Riiing!

1. ¿Qué veía Ismael en su sueño mientras volaba por el espacio? ¿Qué ocurrió justo cuanto iba a alunizar?

2. Busca y encuentra. Enumera los elementos del espacio que ves en la imagen.

3. Escucha el sueño de Ismael y encuentra los tres errores.

4. Encuentra la Tierra en la ilustración y rodea los planetas que hay entre la Tierra y el Sol.

5. ¿Qué podía haber ocurrido en el sueño si Ismael hubiese llegado a la Luna?

¡Qué importante es...
querer descubrir cosas nuevas!

Ismael quiere saber más del espacio. ¿Qué te gustaría conocer a ti?

Tarea final

Al acabar la unidad descubrirás nuevas curiosidades sobre el Sol, la Tierra y la Luna.

El Sol es nuestra estrella

Ismael ha visitado una exposición sobre el sistema solar. Le han contado que el Sol está en el centro y la Tierra gira a su alrededor.

El sistema solar

El **Sol** es una estrella. Nos envía la **luz y el calor** que todos los seres vivos necesitamos para vivir. Su luz es tan fuerte que durante el día no nos deja ver las demás estrellas.

Alrededor del Sol giran **ocho planetas** que forman el sistema solar.

Los planetas del sistema solar tienen distintas características, tamaños y colores. El único que reúne las condiciones necesarias para la vida es el nuestro: **la Tierra**.

El **Sol** es la estrella que está en el centro del **sistema solar**. Nos da la luz y el calor que necesitamos para vivir. A su alrededor giran ocho **planetas**. La **Tierra** es el planeta en el que vivimos.

1 Fíjate en el dibujo de la página anterior y completa.

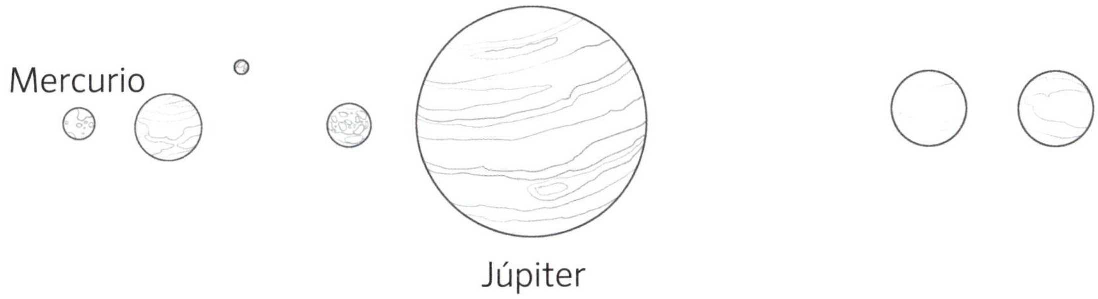

2 Relaciona y escribe.

Tie	curio	Mercurio
Jú	nus	
Ve	rra	
Ura	te	
Mer	piter	
Mar	turno	Saturno
Nep	no	
Sa	tuno	

3 ¿Por qué no se ven las demás estrellas cuando brilla el Sol?

Un largo viaje cada año

En las sillas voladoras, Ismael y sus amigos se han sentido como planetas girando alrededor del Sol.

El año y las estaciones

Ismael sabe que, como todos los planetas del sistema solar, la Tierra da vueltas **alrededor del Sol**. Nuestro planeta tarda un **año** en dar una vuelta completa. A lo largo del año, se suceden las cuatro **estaciones**.

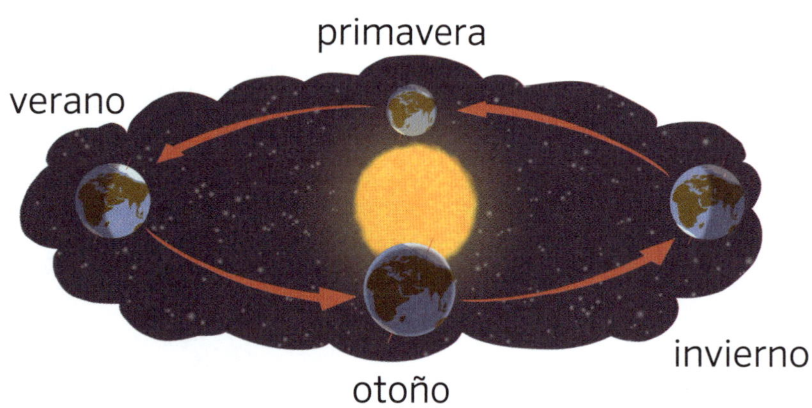

Cada estación dura unos tres meses. En verano, los días son más largos y calurosos. En invierno, los días son más cortos y fríos.

La Tierra gira **alrededor del Sol**. Esto da lugar a las **estaciones**: primavera, verano, otoño e invierno. La Tierra tarda **un año** en completar una vuelta alrededor del Sol.

1 Completa las oraciones.

estaciones | Sol | verano | año

- La Tierra gira alrededor del __________.
- A lo largo del __________ se suceden las cuatro __________.
- En __________ los días son más largos y calurosos.

2 Jaime va al parque todos los días a las seis de la tarde. ¿En qué estación del año ocurre cada escena? Une.

verano | invierno

3 Además de la Tierra, ¿cuáles son los otros planetas del sistema solar que dan vueltas alrededor del Sol?

¡Que salga el Sol!

Ismael ha descubierto que la Tierra gira sobre sí misma. Por eso, durante la noche, no podemos ver el Sol.

El día y la noche

La Tierra tarda un día en dar una vuelta **sobre sí misma**. Al girar, solo una parte recibe la luz del Sol. Mientras allí es de **día**, el resto de la Tierra queda a oscuras durante la **noche**.

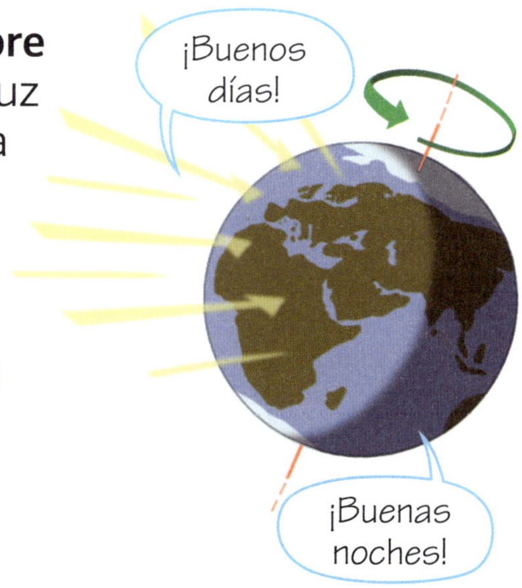

De noche vemos las estrellas más lejanas y la **Luna**. La Luna también gira alrededor de la Tierra y, según su posición, podemos verla entera o solo una parte.
Son las **fases** de la Luna.

FASES LUNARES

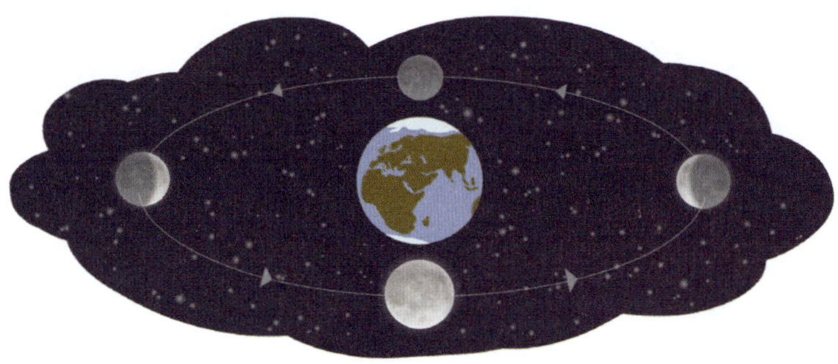

La Tierra gira **sobre sí misma**. Tarda un día en dar una vuelta. En la parte que queda iluminada por el Sol es de **día**. En la que no, es de **noche**. La Luna gira alrededor de la Tierra y pasa por diferentes **fases lunares**.

1 Observa y completa.

- ¿Pueden ocurrir estas dos acciones a la vez en la Tierra?

  ☐ Sí ☐ No

- ¿Qué hará el niño dentro de dos horas?

- ¿Y la niña?

2 ¿Qué crees que estarías haciendo ahora si vivieras al otro lado de la Tierra?

3 Une según corresponde.

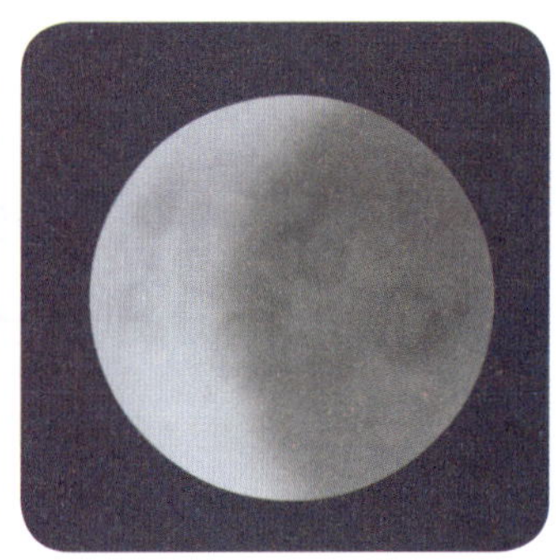

cuarto creciente

luna llena

luna nueva

cuarto menguante

¡Qué planeta tan especial!

Ismael ha visto en la tele que, desde el espacio, la Tierra se ve azul porque tiene muchos océanos. Los continentes se ven marrones.

Las partes del planeta

La Tierra es conocida como el **planeta azul** porque está cubierta de una gran cantidad de **agua**. Hay agua en los océanos, mares, lagos o ríos.

Además de agua, el planeta está formado por tierra firme o **rocas**, como se ve en los continentes.

La Tierra está rodeada por una capa de aire llamada **atmósfera**, que nos permite respirar y nos protege del espacio exterior.

La forma de la Tierra

La Tierra es esférica y se divide en dos mitades que se llaman **hemisferios**.

En los extremos de la Tierra están los **polos**, donde hay mucho hielo y nieve.

La Tierra está formada por **agua**, **rocas** y la **atmósfera**. Su forma es esférica y está dividida en **dos hemisferios**.

1 Busca en el diccionario las palabras que no conozcas y colócalas en la columna que corresponde.

montaña nube continente aire océano

manantial arena río laguna

AGUA	ROCA	ATMÓSFERA

2 Colorea y completa.

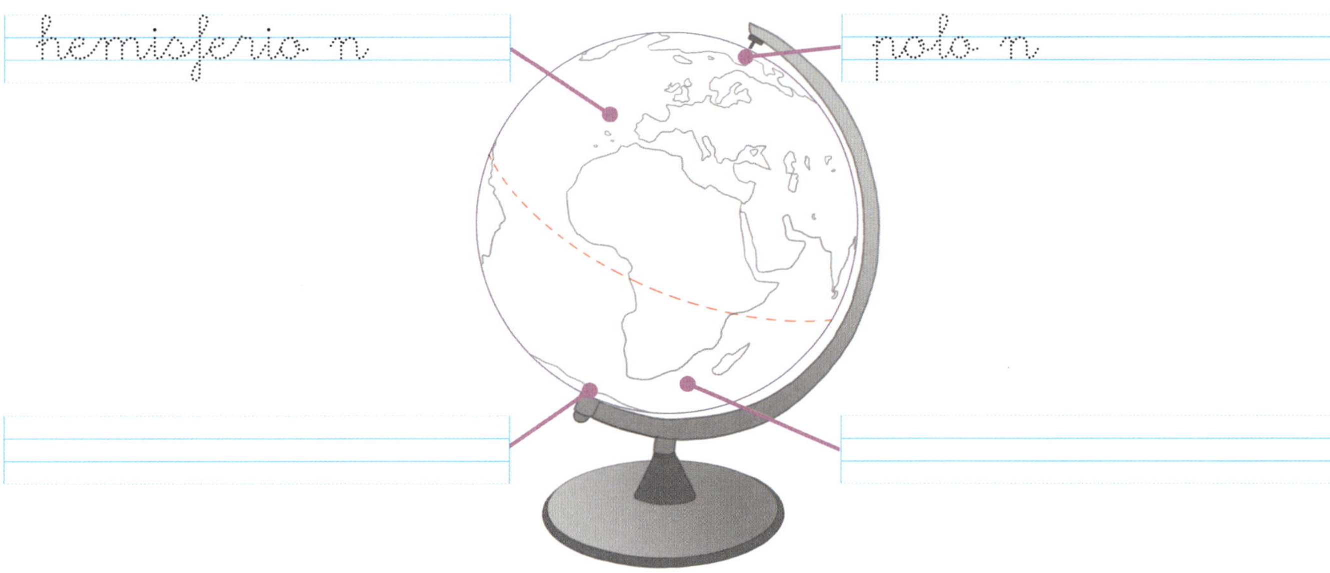

3 ¿En qué hemisferio vivimos?

Taller de descubrimientos

Me oriento con los puntos cardinales

Los puntos cardinales nos ayudan a orientarnos. Son el norte, el sur, el este y el oeste. Para saber dónde están nos fijamos en el Sol.

PASO 1 Salgo al patio por la mañana y me fijo en el Sol. Siempre sale por el este y por la tarde se esconde por el oeste.

PASO 2 Me coloco con los brazos en cruz con mi mano derecha apuntando hacia el Sol. Ahí estará el este.

PASO 3 El Sol está el este. Con una tiza, indico en el suelo la dirección del este y los otros puntos cardinales.

PASO 4 Me desplazo por los puntos cardinales junto a un compañero. ¿En cuáles se coloca él?

PASO 5 Dibujo el patio por la mañana en el momento en que miraba al norte y coloco el Sol en la posición correcta.

Leo y pienso

¿Qué pasaría si la Tierra dejara de girar?

La Tierra gira sobre sí misma sin parar, aunque nosotros no lo notemos. Pasa lo mismo cuando viajas en coche: aunque vayas muy rápido, casi no te das cuenta. Pero si de repente pisáramos a fondo una especie de freno gigante y nuestro planeta dejara de girar, ¿qué sucedería?

1 Si la Tierra se parase de golpe, ¿qué podría pasar? Marca y completa.

- ☐ Saldríamos volando a gran velocidad.
- ☐ En una mitad de la Tierra sería siempre de noche y haría mucho frío.
- ☐ En la otra mitad de la Tierra sería siempre de día y haría un calor insoportable.
- ☐ ______________________________

2 ¿Qué pasaría si siempre fuera de día? ¿Y si siempre fuera de noche? Dibuja.

Repaso

1 Completa el esquema.

El sistema solar está formado por...

- el Sol
- ______

La Tierra gira...

- sobre sí misma
- alrededor del ______

2 Colorea el dibujo y relaciona con números.

1. Es la estrella que está en el centro del sistema solar.
2. Es el planeta en el que vivimos.
3. Es el movimiento de la Tierra que da lugar a las estaciones.

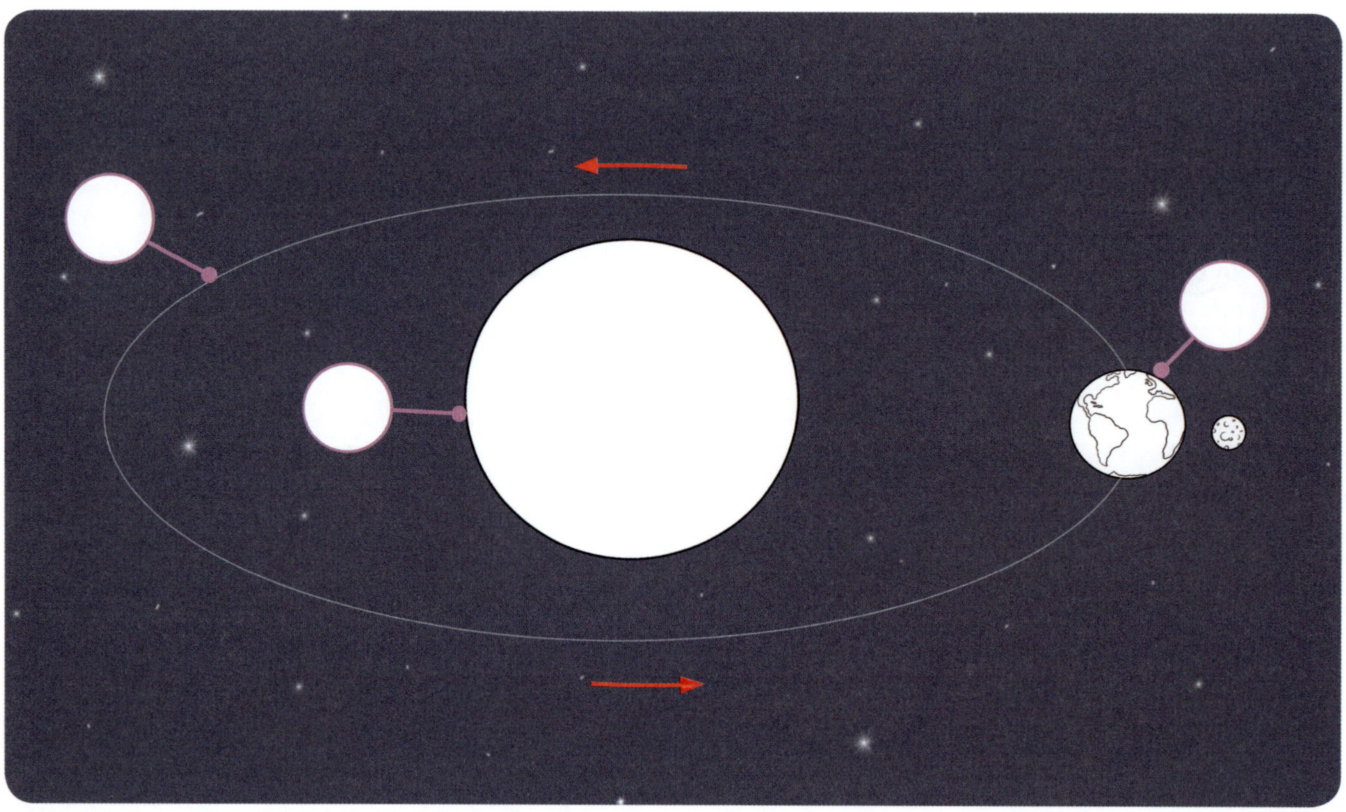

3 Tacha la opción incorrecta y completa.

- La Tierra es una estrella | un planeta del sistema solar.
- El Sol es la estrella más cercana | lejana a la Tierra.
- El Sol nos da la ________ y el ________ que necesitamos para vivir.
- La Luna gira alrededor del Sol | de la Tierra.
- La Tierra está dividida en dos ________.

4 ¿Qué efecto produce cada movimiento de la Tierra? Relaciona.

- la Tierra gira sobre sí misma
- la Tierra gira alrededor del Sol

- estaciones
- día y noche

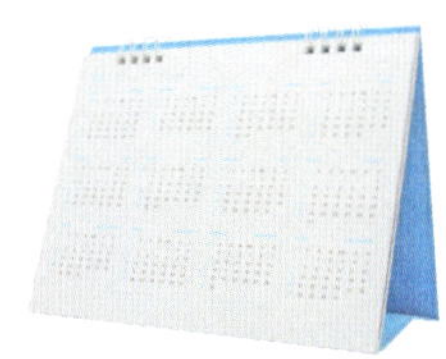

5 ¿De qué está formada la Tierra? Escribe.

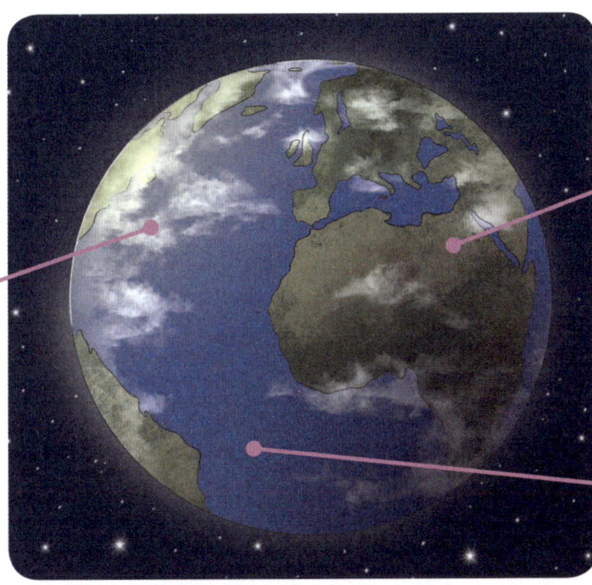

Ponte a prueba

Mira qué noticia más interesante ha encontrado Rosa.

Muy pronto existirá el turismo espacial

Para poder viajar al espacio será necesario tener 18 años y superar con éxito los entrenamientos. Se viajará en una nave preparada para despegar desde cualquier aeropuerto, como un avión. El ascenso se hará en vertical, como el de un helicóptero.

El trayecto durará tan solo unos 60 minutos y en cada vuelo irá un grupo de 6 pasajeros. ¡Ya han reservado plaza personas de más de 80 años!

- Rodea las palabras que no conozcas y búscalas en el diccionario.

- ¿Cuántos años tendrías que esperar para realizar este viaje al espacio?

	1	8	años se deben tener para viajar.
–			años tengo ahora.

▶ .... años me faltan.

- ¿A quiénes elegirías para viajar contigo al espacio? Haz tu lista teniendo en cuenta el número de pasajeros que pueden ir en cada vuelo.

Imagina cómo sería el viaje.

Tarea final

¡Qué curioso es el espacio!

Ismael, después de su sueño, ha investigado sobre la Tierra, la Luna y el Sol, y quiere representarlos. ¿Te imaginas cómo podría hacerlo?

PASO 1 Dividid la clase en tres equipos. Cada grupo busca una curiosidad sobre el Sol, la Tierra o la Luna.

- ✓ El Sol es cada vez más caliente y más brillante.
- ✓ Algunas zonas de la Tierra solo tienen dos estaciones.
- ✓ Hay agua en el fondo de la Luna.

PASO 2 Por grupos, representad el Sol, la Tierra o la Luna de una forma divertida. Añadid un cartel con la curiosidad que habéis buscado.

PASO 3 Mostrad y explicad vuestro trabajo a los demás compañeros. ¿Qué has hecho tú? Dibújalo aquí.

PASO 4 En el patio o en una sala amplia, colocaos por equipos con vuestro cartel y realizad los movimientos que corresponden al Sol, a la Tierra y a la Luna.

2 Un mundo de paisajes

Hablamos y descubrimos

Los vecinos de Ismael viajan por el mundo dando cursos con ideas para proteger los paisajes. Cada vez que visitan un nuevo país, le traen un recuerdo: un libro de fotografías, un póster que Ismael cuelga en su habitación… Otras veces, le mandan un correo electrónico con fotos. ¡Hay tantos lugares diferentes!

1 ¿A qué se dedican los vecinos de Ismael? ¿Cómo sabe Ismael qué lugares han visitado?

2 Busca y encuentra. Rodea de ◯ dos imágenes del mismo paisaje.

3 Rodea de ◯ el paisaje que más te gusta y explica en qué se diferencia del lugar en el que vives.

4 Escucha los sonidos y ordena los paisajes.

5 ¿En qué lugares hay construcciones hechas por las personas? ¿Para qué sirven?

¡Qué importante es…
saber cómo ayudar en tu entorno!

¿Qué puedes hacer tú para intentar que todos cuidemos el lugar en el que vivimos?

Tarea final

Al acabar la unidad, darás, con tus compañeros, un curso para proteger los paisajes.

¿Construimos un paisaje?

Ismael y Nora han aprendido que el **paisaje** es el terreno que vemos al mirar a nuestro alrededor.

Elementos del paisaje

Para elaborar la maqueta de un paisaje, Ismael y Nora empiezan por el relieve.

El **relieve** es la forma del terreno y se compone de montañas, llanuras, valles, islas... Sobre él se sitúan las zonas de **agua**, como los ríos y los lagos. También habitan los **seres vivos**, como las plantas y los animales. Ese conjunto forma el **paisaje natural**.

Un paisaje se vuelve **humanizado** cuando es modificado por las personas. Puede ser **rural** si está en el campo, tiene pocas casas y son bajas. Es **urbano** si se trata de ciudades con edificios altos y calles anchas.

El **paisaje** es el terreno que podemos observar a nuestro alrededor. Los **paisajes naturales** no han sido modificados por las personas. Están formados por el relieve, las zonas de agua y los seres vivos. Los **paisajes humanizados** han sido modificados por las personas. Pueden ser **rurales** o **urbanos**.

1 Completa.

- El paisaje es el terreno que vemos alrededor.
- El paisaje natural está formado por el relieve,

2 Colorea según el código.

relieve · zonas de agua · seres vivos · construcciones humanas

camino		túnel		puente	
invernadero		lago		isla	
árbol		mar		playa	
montaña		personas		carretera	
rebaño		río		pueblo	

3 ¿Qué elementos forman el paisaje humanizado?

4 Dibuja un paisaje rural y uno urbano.

Paisaje rural

Paisaje urbano

De la montaña a la llanura

A Ismael le encanta ir de excursión. ¡Hoy ha sido un gran día! Ha recorrido un **paisaje de interior**, con montañas, llanuras y valles.

La montaña

Ismael ha visto que la montaña es la **parte más alta** del paisaje. Varias montañas agrupadas forman una sierra, y varias sierras forman una cordillera.

En la montaña, los **ríos** son estrechos y forman cascadas y valles profundos.

En las montañas, las personas construyen **pueblos** pequeños y carreteras estrechas.

La llanura

La llanura es un gran **terreno sin montañas**. Allí hay bosques, lagos y valles con **ríos** anchos.

Las personas utilizan las llanuras para sus campos de **cultivo**. En ellas construyen pueblos grandes y **ciudades**.

Las **montañas** son la zona más alta del relieve. Allí los ríos son estrechos y los valles profundos. Los pueblos son pequeños y las carreteras estrechas. La **llanura** es un extenso terreno plano. Allí los ríos son más anchos. Hay pueblos grandes y ciudades.

1 ¿Qué forman? Completa.

- Varias montañas forman una ____________
- Varias sierras forman una ____________

2 Une y completa.

3 Dibuja elementos humanizados en el paisaje de llanura. Después, colorea.

4 ¿Por qué crees que un pueblo de montaña es más pequeño que uno de llanura?

Junto al mar

A Ismael le gusta imaginar que es capitán de barco: ¡el capitán Tiburón! Le encantaría navegar y recorrer **paisajes de costa** buscando un tesoro.

Así es la costa

Desde un barco, se pueden ver todos los elementos de la costa.

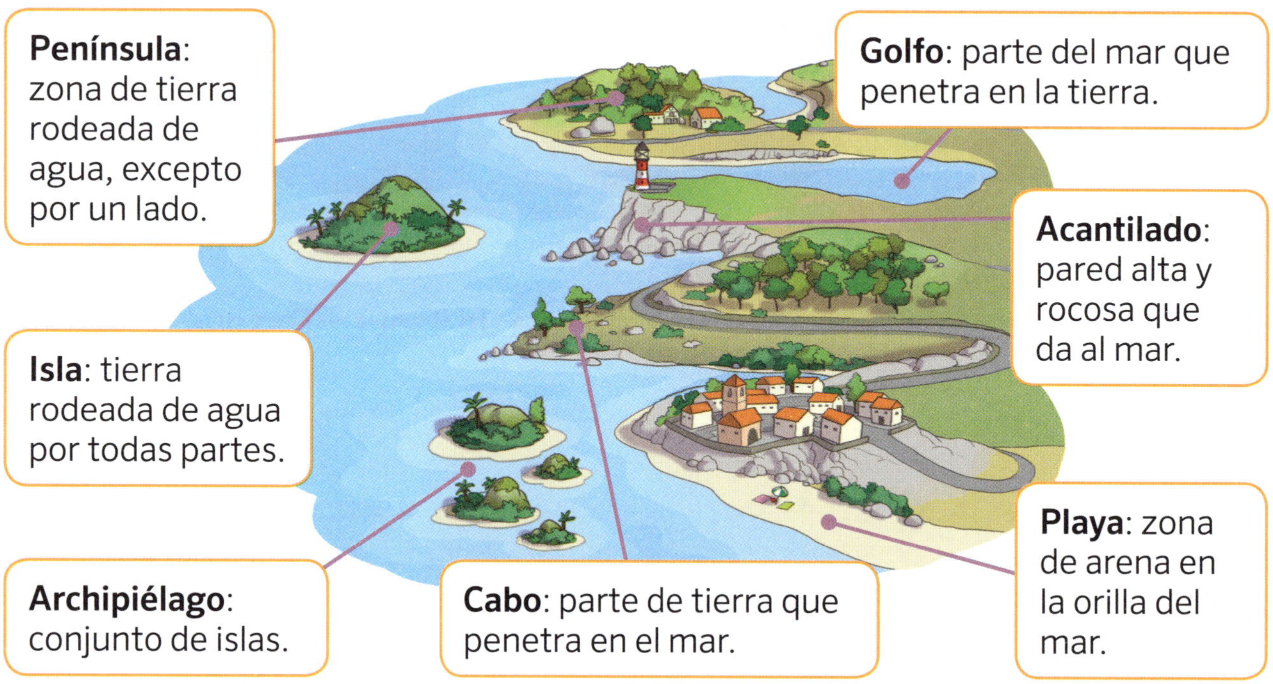

Junto a la costa podemos encontrar **elementos artificiales** como pueblos, ciudades, un faro o un rompeolas. También hay puertos en los que atracan los barcos.

En los paisajes que están cerca del mar podemos encontrar elementos naturales, como islas, playas o acantilados. También puede haber elementos artificiales, como pueblos o ciudades costeras.

1 Resuelve las adivinanzas y busca las palabras en la sopa de letras.

- Si te fijas al mirar,
  no lo verás terminar.
  Su nombre es el ______ .
- Agua por delante, agua por detrás,
  pero en un lado, tierra encontrarás.
  ______
- Es como un aparcamiento,
  con barcos en movimiento.
  ______
- En un periquete acabo,
  si no es un golfo, es un ______ .

P	U	E	R	T	O	V
E	D	H	K	B	E	K
N	S	G	N	L	C	D
Í	A	D	E	V	I	M
N	X	S	M	S	D	R
S	C	U	L	C	G	O
U	X	G	M	A	R	O
L	S	K	Í	B	A	K
A	X	Y	U	O	D	D

2 Dibuja estos elementos en los lugares adecuados. Después, colorea.

en la isla

en el acantilado

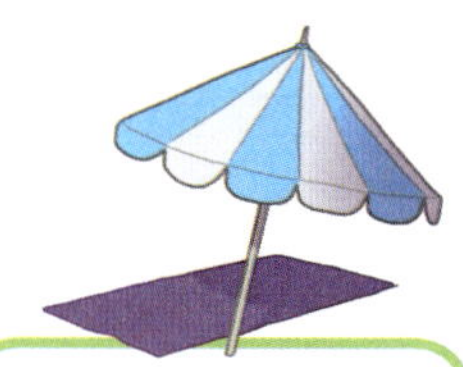
en la playa

en el puerto

Taller de descubrimientos

Construyo las partes de un río

Un río es una corriente de agua que llega hasta otro río mayor, un lago o el mar. Tiene tres partes: curso alto, curso medio y curso bajo.

PASO 1 Para hacer el curso alto, quito la base a un vaso de plástico. Después, corto el vaso por la mitad y uno las partes.

PASO 2 Para hacer el curso medio y bajo, quito las bases de un envase de cartón pequeño y de otro grande, y corto estos por la mitad. Uno las partes con cinta adhesiva.

PASO 3 Uno el curso medio y el curso bajo con papel de aluminio y coloco todas las partes del río en orden. Un barreño será el mar o un lago.

Inclino el recorrido y echo el agua en la parte más alta.

- Marca la parte del curso del río que corresponde en cada caso.

	ALTO	MEDIO	BAJO
Está en las montañas y es estrecho.			
El agua va despacio y llega hasta el mar.			
El agua cae con mayor velocidad.			
El agua recorre parte de la montaña hasta la llanura.			

Leo y pienso

¿Qué pasaría si pudiéramos vivir debajo del agua?

El relieve del fondo de los océanos cuenta con montañas aún más altas que las que podemos ver fuera del agua. También hay zonas muy profundas en las que viven animales sorprendentes. Las personas solo podemos conocer una parte del fondo marino. ¿Cómo se viviría bajo el agua?

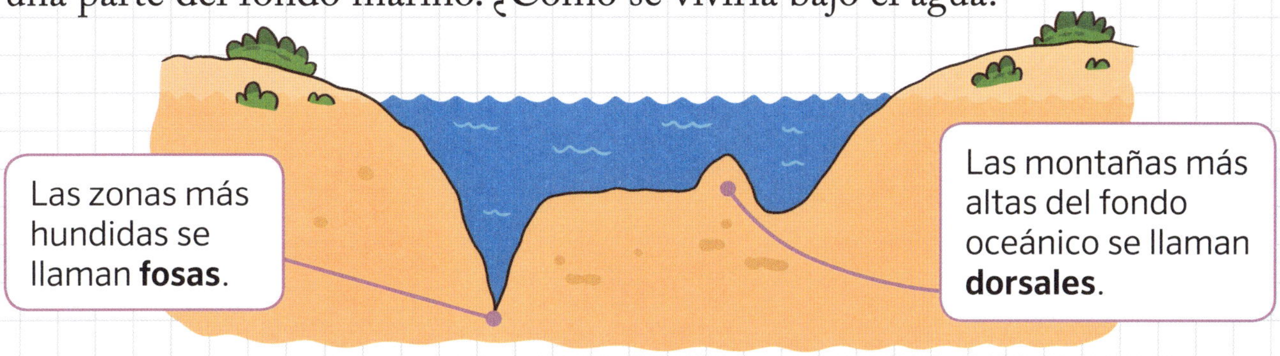

1 Imagina cómo viviríamos debajo del océano y contesta.

- ¿Cómo serían nuestras casas? ¿Dónde se construirían?

- ¿Qué podrías encontrar en el fondo de una fosa oceánica?

- ¿Cómo subiríamos desde una fosa hasta lo alto de una dorsal?

2 Por parejas, haced otras preguntas a vuestros compañeros sobre cómo sería la vida en el fondo del mar.

3 Dibuja en tu cuaderno el fondo marino que te has imaginado.

Repaso

1 Completa el esquema.

Los paisajes pueden ser...

humanizados

Según las formas del relieve, hay paisajes de...

2 Completa. Después, rodea de verde los elementos naturales y, de rojo, los construidos por el ser humano.

- El paisaje de montaña está formado por
- En el paisaje de llanura hay
- El paisaje de costa tiene

3 ¿Qué tipo de paisaje es? Une. Después rodea los que son humanizados.

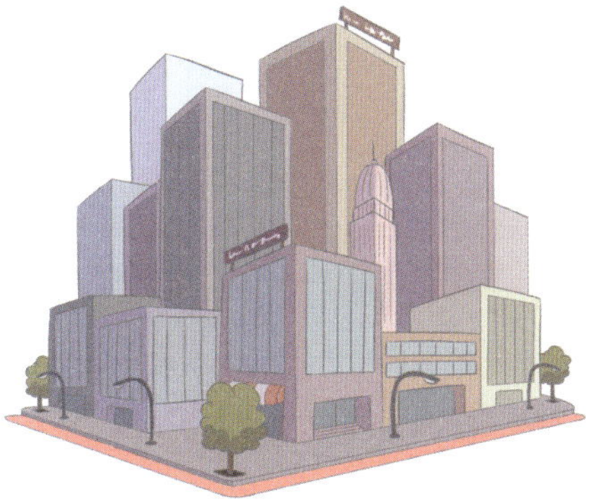

paisaje natural

paisaje urbano

paisaje rural

4 Tacha los elementos que no están en su lugar.

5 Escribe el nombre de las partes del río.

A ____________________

B ____________________

C ____________________

Ponte a prueba

Almudena y Ángel han ido de excursión al campo. Saben que es muy importante fijarse bien en los carteles antes de entrar, ya que se trata de un espacio protegido.

- ¿Por qué crees que se protegen algunos espacios de la naturaleza?

- Une cada señal con su norma y completa.

- Prohibido ______.
- Prohibido arrancar las plantas.
- Prohibido acampar.
- Prohibido ______.
- Prohibido dar de comer a los animales.

¿Qué ocurriría si no siguieras alguna de estas normas?

- Inventa dos nuevas señales que nos ayudan a cuidar los paisajes.

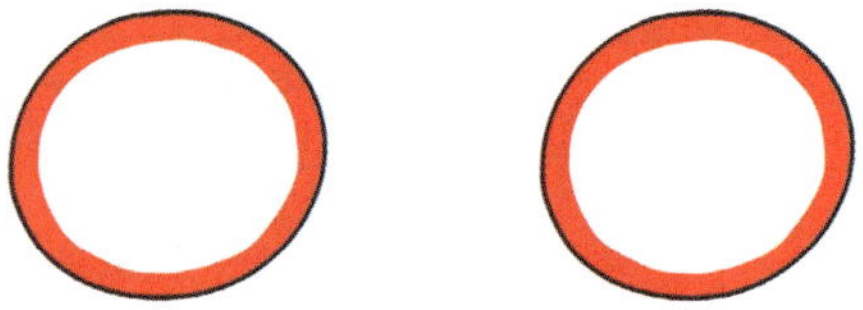

Tarea final

Homenaje a nuestro paisaje

Los vecinos de Ismael viajan por el mundo dando cursos sobre el cuidado del medioambiente. Pero, no hace falta irse tan lejos para proteger nuestros paisajes.

PASO 1

En equipos de cinco o seis, elegid un paisaje de vuestro entorno y dibujadlo en una cartulina.

PASO 2

Describe cómo es vuestro paisaje y qué elementos naturales y humanizados tiene.

PASO 3

Con tus compañeros piensa cuatro normas para proteger el paisaje y dibuja las señales que pondrías.

PASO 4

En equipos, organizad una charla, con las siguientes partes:

- ✓ Saludamos y nos presentamos.
- ✓ Decimos cuál es y cómo es nuestro paisaje.
- ✓ Explicamos cómo protegerlo.
- ✓ Nos despedimos.

Comprueba lo que has aprendido

Test

¿Qué has aprendido? Realiza el test y compruébalo.

1. Colorea la respuesta correcta.

- La Tierra gira alrededor | del Sol. | de la Luna. | de un planeta.
- La rotación de la Tierra causa | las estaciones. | el día y la noche.
- Varias montañas forman una | cordillera. | sierra. | península.

2. ¿Cuánto dura cada movimiento? Marca.

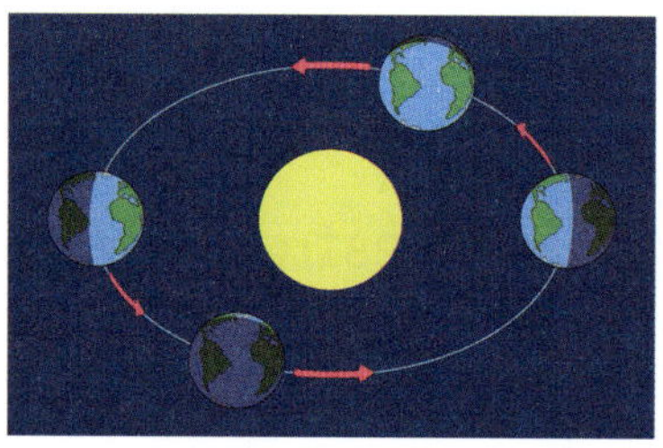

- ☐ Un día.
- ☐ Un año.

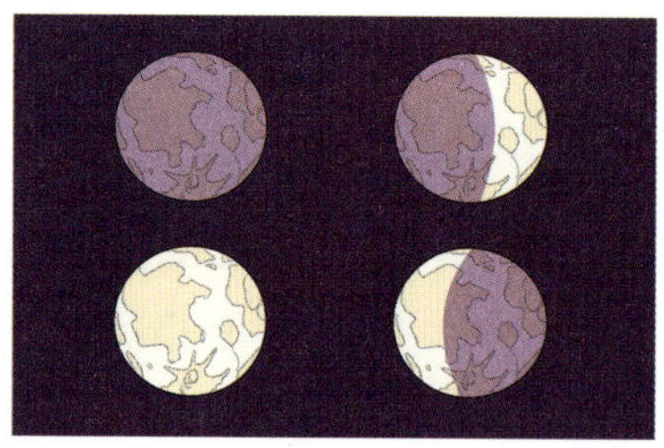

- ☐ Un día.
- ☐ Unos 28 días.

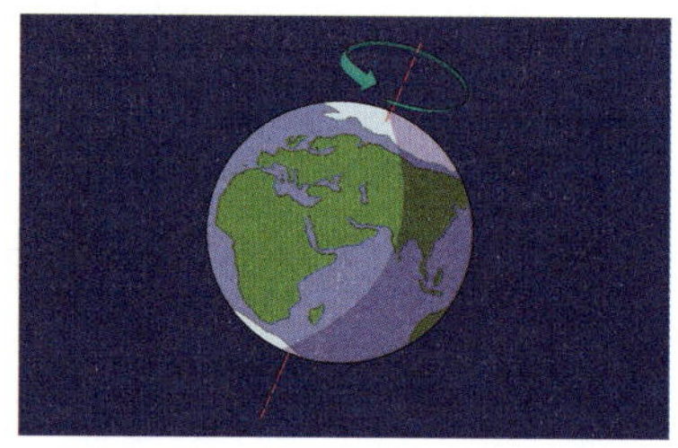

- ☐ Un año.
- ☐ Un día.

3. ¿Qué es el Sol?

☐ Un planeta. ☐ Un satélite. ☐ Una estrella.

4. ¿De qué está formada la Tierra?

☐ Agua, rocas y aire. ☐ Mares y océanos. ☐ Los polos.

5. ¿Qué es el paisaje?

☐ El terreno que vemos. ☐ Un tipo de mapa. ☐ Las rocas de un país.

6. ¿Qué es una llanura?

☐ Una parte de un río. ☐ Una carretera llana. ☐ Un terreno sin montañas.

De camino a la costa

Juan vive en una cabaña en lo alto de la montaña.
Va de viaje hasta la playa con chanclas y con toalla.
Y en el valle, ¡vaya lío! ¿Dónde está el puente del río?
Hacia un lado hay un cultivo, y hacia el otro algún olivo.
La ciudad ha cruzado; la llanura ha terminado.
Hay un pez y una langosta… ¡Ya ha llegado hasta la costa!

1. Rodea de naranja una zona rural y de rojo una zona urbana.

2. Colorea los círculos del dibujo según el código.

   relieve   zonas de agua   elementos humanos

3. En la poesía, rodea de verde los elementos naturales y de rojo, los elementos construidos por las personas.

Imagina…

4. ¿Qué hará Juan cuando llegue a su destino? Escribe una historia divertida en tu cuaderno utilizando las siguientes palabras: acantilado, isla, puerto y faro.

Disfrutamos con las plantas

PROYECTO TRIMESTRAL
Descubrimos la naturaleza

Una planta para cada lugar

No todas las plantas pueden vivir en los mismos lugares. Por eso, su presencia nos ayuda a diferenciar los paisajes.

1 Observa las fotografías y elige la opción correcta.

- ☐ Se llama pino y resiste bien el frío de la montaña.
- ☐ Se llama pino y crece en el fondo del mar.

- ☐ Los campos de trigo crecen en los acantilados de la costa.
- ☐ Los campos de trigo se encuentran en terrenos llanos.

- ☐ Son algas y crecen pegadas a las rocas de la montaña.
- ☐ Son algas y viven en el fondo del mar.

2 Dibuja las plantas de la página anterior en su paisaje correspondiente y después, colorea.

paisaje de montaña

paisaje de costa

paisaje de llanura

3 ¿Cómo es el paisaje que te rodea? ¿Qué plantas habitan en él? Dibújalo.

3 Por tierra, mar y aire

Hablamos y descubrimos

Los alumnos de segundo han ido al laboratorio del colegio para ver los sorprendentes experimentos de los alumnos de quinto. Ser científico es muy divertido. ¡Cuántas cosas se pueden hacer con el agua, los minerales y el aire!

1. ¿Adónde ha ido la clase de Ismael? ¿Qué están haciendo los alumnos mayores?
2. Busca y encuentra. Rodea los minerales que hay a la izquierda de las tijeras.
3. ¿Cómo crees que terminará el experimento del globo? Dibújalo.
4. Escucha las instrucciones del experimento del agua y numera los pasos.
5. Fíjate en los experimentos. ¿Te recuerdan a algo que ocurra en la naturaleza? ¿A qué?

¡Qué importante es... no contaminar la naturaleza!

El agua, los minerales y el aire son necesarios para la vida. ¿Qué puedes hacer tú para no contaminarlos?

Tarea final

Al acabar la unidad, realizaréis un mural con fotografías de familias muy "ecológicas".

¡Hay agua por todas partes!

La abuela de Ismael le ha explicado que no hay agua en el charco porque en la Tierra, el agua sube y baja sin parar. Es el ciclo del agua.

Los estados del agua

El agua no tiene **color ni sabor ni olor**, y es necesaria para la vida.

La **Tierra** está **cubierta de agua**, que puede encontrarse en tres estados: **sólido**, **líquido y gaseoso**.

Para pasar de uno a otro, el agua se enfría o se calienta en un **ciclo**.

El ciclo del agua

Cuando el agua de las nubes se enfría, cae en forma de nieve, granizo o lluvia.

El agua que cae forma lagos, ríos y aguas subterráneas. Parte del agua llega hasta el mar.

Con el calor, el agua de lagos, ríos y mares se evapora. Cuando el vapor se enfría forma gotitas de agua que se acumulan en las nubes.

El agua se puede encontrar en tres estados: **sólido**, **líquido** o **gaseoso**.
El **ciclo del agua** es el recorrido del agua al enfriarse o calentarse.

1 Completa el dibujo del ciclo del agua con los siguientes elementos.

2 ¿En qué tres estados se puede encontrar el agua? Escribe.

3 Colorea según el código.

calentar

enfriar

4 Si el agua es incolora, ¿por qué se ve azul el agua de las piscinas? ¿Se podría ver de otros colores?

De roca en roca

Ismael y su padre quieren empezar una colección de minerales, pero no saben cómo ordenarlos.

Los minerales

La Tierra está formada por **rocas**. Cada roca está compuesta por varios minerales como los que quiere coleccionar Ismael. Un **mineral** es un material sólido y sin vida que encontramos en la naturaleza.

Existen minerales muy distintos. Por eso, Ismael puede ordenar su colección de varias formas: por el **color**, por el **brillo**, por la **textura** lisa o rugosa, o por la **dureza**.

Hay minerales que son tan duros que solo se pueden rayar con un diamante y otros tan blandos que se pueden rayar con la uña.

Los minerales pueden tener diferentes **usos**:

Para construir edificios

Para obtener metales

Para hacer joyas

Las **rocas** del suelo están formadas por uno o varios **minerales**. Se clasifican según su color, brillo, textura o dureza y pueden tener diferentes usos.

1 Completa el texto con las siguientes palabras:

dureza | usos | minerales | metales | yeso | joyas

Las rocas están formadas por uno o varios ________. Estos se pueden clasificar según su color, brillo, textura o ________. Tienen diferentes ________. Para la construcción se utiliza el ________. Se pueden fabricar ________ con la pirita. Con el oro se elaboran ________.

2 Compara y describe estos dos minerales.

Nombre: Yeso

Color: ________

Textura: ________

Dureza: se raya con la uña.

Nombre: Calcita

Color: ________

Textura: ________

Dureza: ________

3 Dibuja tres objetos de tu entorno que se hayan elaborado con minerales.

¡Coge aire!

Hoy Ismael y Nora han descubierto que están rodeados de aire, pero solo pueden sentirlo cuando se mueve.

La atmósfera

Alrededor de la Tierra hay una gran **capa de aire** transparente: es la atmósfera. Contiene **gases**, como el oxígeno, que son necesarios para la **vida** de las personas, los animales y las plantas.

En la atmósfera se producen fenómenos meteorológicos como la lluvia y el viento. Estos fenómenos se representan en mapas que indican el tiempo que hace en algún lugar.

La **atmósfera** es la capa de aire que rodea la Tierra. Es necesaria para la vida y en ella se producen los **fenómenos meteorológicos**. El **mapa del tiempo** nos informa de estos fenómenos.

1 Marca la oración correcta.

- ☐ La atmósfera es la capa de aire que rodea la Tierra.
- ☐ El oxígeno solo es necesario para la vida de las personas.
- ☐ La lluvia y el viento son fenómenos meteorológicos.

2 ¿Adónde te llevarías cada uno de estos objetos? Colorea.

3 Imagina adónde te gustaría ir el fin de semana y qué tiempo va a hacer allí. Elabora una lista de cosas que te llevarías. Después compara tu lista con las de tus compañeros. ¿Quién ha hecho la maleta más ligera?

4 Escribe el nombre de los tres fenómenos meteorológicos que más te gustan y de los tres que menos.

Me gustan	No me gustan
______	______
______	______
______	______

Cuidamos la naturaleza

En todas partes hay contenedores de distintos colores. Es importante, como hace Ismael, aprender a usarlos para **reciclar**.

El cuidado de la naturaleza

El tío de Ismael se preocupa mucho por la naturaleza. Siempre le dice que para proteger la tierra, el agua y la atmósfera, debemos evitar acciones como estas:

Provocar incendios

Contaminar el agua

Contaminar el aire

Además de evitar este tipo de acciones, cumplir la **regla de las 3R** también puede ayudarnos a cuidar el entorno.

RECICLA

REUTILIZA

REDUCE

Hay que evitar contaminar la tierra, al agua y la atmósfera. Para lograrlo debemos evitar algunas acciones y seguir la regla de las 3R: **reciclar**, **reutilizar** y **reducir**.

1 Transforma este paisaje en uno no contaminado.

2 Colorea cada contenedor del color correspondiente.

3 ¿Qué recomienda la regla de las 3R? ¿Qué te parece más importante?

4 ¿Cómo podrías reutilizar estos objetos? Dibuja.

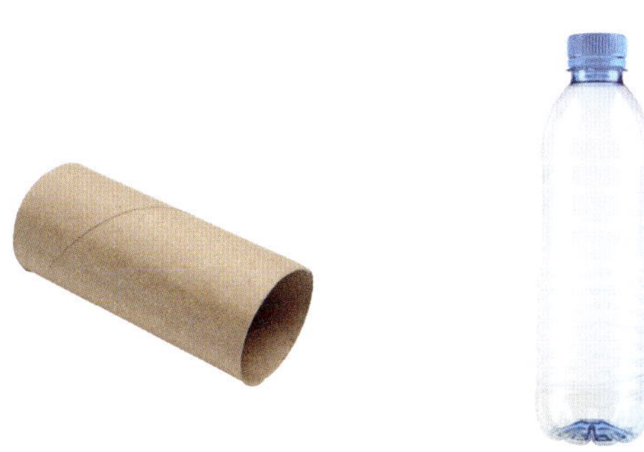

Taller de descubrimientos

Investigo los cambios del agua

A lo largo de su ciclo, el agua pasa por diferentes estados. ¡Compruébalo!

PASO 1

Con ayuda del profesor, echo agua caliente en un recipiente transparente.

- ¿En qué estados está el agua?

PASO 2

Tapo el recipiente con film transparente.

- ¿Por qué se empaña el cristal?

PASO 3

Coloco varios cubitos de hielo encima del plástico.

- ¿Por qué cae ahora agua?

PASO 4

Fíjate en todos los pasos. ¿Se parece al ciclo del agua? ¿Por qué?

Leo y pienso

¿Qué pasaría si hubiera sequía en toda la Tierra?

El agua es imprescindible para la vida, pero es un bien escaso.

Las personas solo podemos beber agua dulce, como la de los lagos, los ríos, las aguas subterráneas y los manantiales. El agua del mar y de los océanos es salada.

Además, en muchos lugares del planeta hay sequía, que es la falta de lluvias durante mucho tiempo. ¡Hay lugares donde no ha llovido desde hace más de 100 años!

En otros sitios el agua está contaminada y no se puede beber sin antes tratarla.

1. Imagina y contesta.
   - ¿Qué ocurriría si hubiera sequía en el lugar donde vives?
   - ¿Y si toda la Tierra se quedara sin agua?
   - En ese caso, ¿qué podríamos hacer las personas para obtener agua?

2. ¿Cómo crees que era antes el paisaje de la fotografía?

Repaso

1 Completa los esquemas.

En la Tierra podemos encontrar...

- ______
- rocas
- ______

Regla de las 3R

- ______
- ______
- ______

2 Copia el primer esquema y escribe estos términos donde corresponde: **fenómenos meteorológicos** y **ciclo del agua**.

3 Numera las fases del ciclo del agua y escribe el estado del agua en cada una de ellas.

4 Escribe qué ocurre en cada fase del ciclo del agua.

1. ______
2. ______
3. ______

5 Une cada objeto con el mineral del que está hecho.

cobre

plata

yeso

6 Une según corresponda.

- Gotas de agua en tu paraguas.
- Copos del cielo caen al suelo.
- Truenos y rayos de junio a mayo.
- Nubes despistadas, no ves nada.

7 ¿Cuidas el medioambiente? Marca.

Cierro el grifo si no estoy usando el agua.	
Tiro las latas y envases en un cubo de basura diferente.	
Apago la luz cuando salgo de la habitación.	
No tiro papeles a la calle.	
Me ducho en lugar de bañarme.	

- ¿Qué más puedes hacer para cuidar la naturaleza?

Ponte a prueba

En el colegio de Elena utilizan una estación meteorológica para observar el tiempo atmosférico. Con el termómetro miden la temperatura y con el anemómetro, la velocidad del viento. Para medir la cantidad de lluvia usan el pluviómetro. Hoy han recogido estos datos:

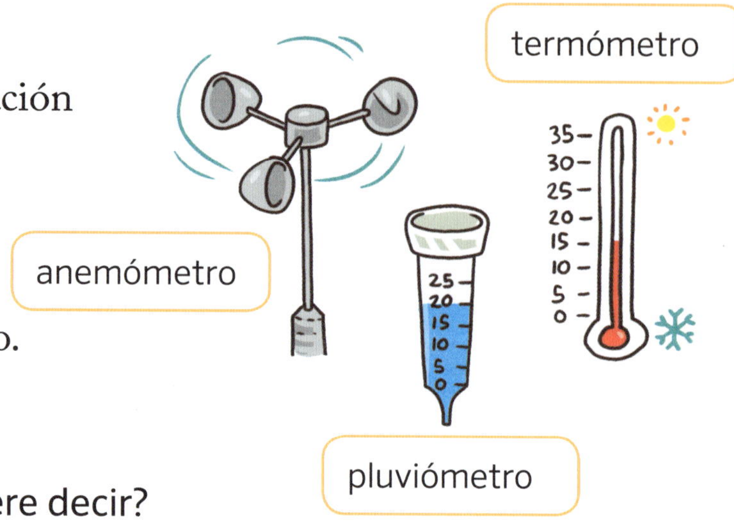

- El anemómetro gira rápido, ¿qué quiere decir?

- El pluviómetro está lleno, ¿qué significa?

- ¿Qué temperatura marca el termómetro? ________ grados.

- ¿Hace frío o calor? ________

- Con los datos recogidos hoy, rodea el símbolo que representa el tiempo que hace en la localidad de Elena.

- Si tuvieras una estación meteorológica en tu colegio, ¿qué crees que marcaría hoy cada aparato?

Tarea final

¡Familias en acción!

Ismael ha descubierto que en casa se pueden hacer muchas cosas para cuidar el medioambiente. Con tu ayuda, tu familia también puede colaborar.

PASO **1** Entre todos, preparad una lista de acciones que se pueden realizar en casa para cuidar el agua, la tierra o la atmósfera.

PASO **2** Elige algo que no se haga en tu casa e intenta ponerlo en práctica con tu familia. Escribe lo que has elegido y por qué.

PASO **3** Escribe una carta a tu familia explicando la importancia de realizar esa acción para cuidar el medioambiente.

PASO **4** Cuando lo logres, trae al colegio una fotografía o un dibujo de tu familia realizando la acción. Colocad todas las fotografías o dibujos de clase en un gran mural.

4 ¿En el pueblo o en la ciudad?

Hablamos y descubrimos

El pasado fin de semana, Ismael fue al pueblo de María. Se lo pasaron genial en las fiestas. Bailaron, se vistieron con los trajes típicos, participaron en juegos y visitaron un mercadillo, aunque al llegar algunos puestos todavía estaban vacíos… ¿Qué venderían en ellos?

1. ¿Adónde fue Ismael el pasado fin de semana? ¿Has estado en fiestas parecidas?

2. Completa los puestos con un dibujo o recorte de revista de algunos productos típicos del lugar donde vives o donde vas de vacaciones.

3. Busca y encuentra. Rodea de ◯ la bombilla que no sigue la serie. ¿De qué color es el banderín que tiene Rasi a su derecha?

4. ¿Qué sonidos se oyen? Rodea de ◯ y averigua qué sonido no pertenece a la escena.

5. ¿Crees que se respetan las normas en las fiestas del pueblo de María? ¿Por qué?

¡Qué importante es... ser buen vecino!

¿Cómo colaboras tú en tu pueblo o ciudad? ¿Qué normas cumples a diario?

Tarea final

Al acabar la unidad, vais a redactar unas normas para cuidar el patrimonio cultural de vuestra localidad.

Así es mi localidad

La ciudad de Ismael y el pueblo de María son localidades.

La localidad y sus grupos

Una **localidad** es una ciudad o un pueblo en el que habitan personas. Cada localidad cuenta con barrios, casas, calles y plazas. Una localidad o un grupo de localidades y sus habitantes, forman un **municipio**.

En nuestra localidad, **convivimos** a diario con los miembros de nuestras familias, con los compañeros del colegio y con los vecinos. Para convivir, nos respetamos y seguimos **normas**.

En la familia...
tenemos derechos y obligaciones.

En el colegio...
hay normas para que todo funcione.

La **localidad** es la ciudad o el pueblo en el que vivimos. Está formada por barrios con casas, calles y plazas. Las localidades pertenecen a un **municipio**. Para convivir con los demás, debemos seguir unas normas de convivencia.

1 Rodea lo que hay en tu localidad y escribe tres elementos más.

2 Dibuja una calle de tu localidad y escribe su nombre.

3 Compara tu dibujo con el de tus compañeros. ¿Son iguales todas las calles? ¿Qué tienen en común?

4 Escribe dos normas que hay en tu familia y dos normas que hay en tu colegio.

FAMILIA

COLEGIO

Así es mi ayuntamiento

Cuando Ismael cumpla 18 años, podrá **votar** para elegir a las personas que se ocupan de organizar la vida en su municipio.

El ayuntamiento

Para que un municipio funcione correctamente, hay muchas tareas que organizar, como recoger la basura, preparar las fiestas o construir y cuidar los parques.

De todos estos servicios se encarga el **ayuntamiento**, que está dirigido por un alcalde. Los concejales y otros trabajadores ayudan al alcalde en sus tareas. Juntos aseguran el buen **funcionamiento** del municipio.

El **ayuntamiento** está compuesto por el **alcalde** y los **concejales**. Este equipo de gobierno se encarga de asegurar el bienestar de los ciudadanos y el buen funcionamiento del municipio.

1 Escribe en tu cuaderno el mensaje de Ismael, cambiando estas palabras.

En mi colegio hay varias clases y una sala de profesores. La directora y los profesores se encargan de que todos los alumnos estemos bien.

Donde pone…	escribe…
colegio	municipio
clases	localidades
una sala de profesores	un ayuntamiento
directora	alcaldesa
profesores	concejales
alumnos	ciudadanos

2 Pega una foto de tu ayuntamiento o dibújalo.

Mi ayuntamiento

- Completa.

Vivo en la localidad de ____________________

____

El alcalde/La alcaldesa de mi municipio se llama ____________________

¡Servicios para todos!

La madre de Ismael le ha contado que los ayuntamientos ofrecen servicios a los ciudadanos: son los servicios públicos.

Los servicios públicos

Para dar **servicios públicos** a los ciudadanos, el ayuntamiento organiza varias tareas. También facilita los trabajadores y el equipamiento necesario para desarrollarlas. Hay varios **tipos**:

Sanitarios

Para cuidar nuestra salud.

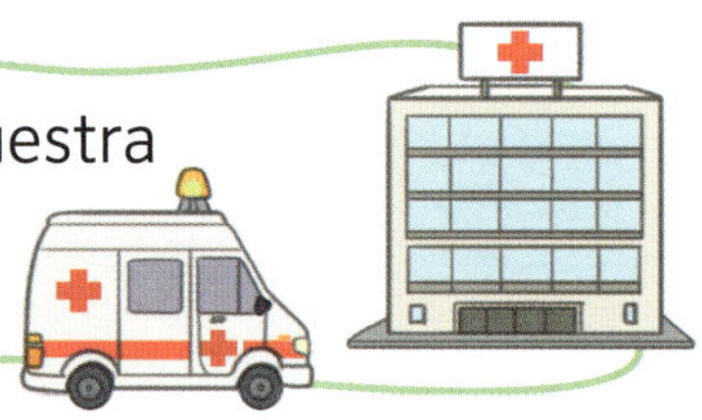

Educativos, culturales y recreativos

Para aprender y divertirnos.

De emergencia y seguridad ciudadana

Para protegernos y socorrernos.

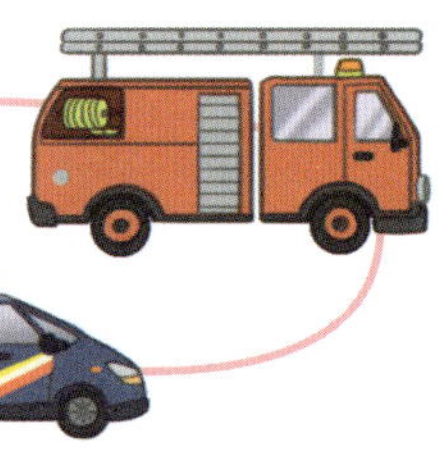

De limpieza

Para mantener limpias y cuidadas las calles.

De transporte

Para desplazarnos.

Sociales

Para ayudar a todas las personas que lo necesitan.

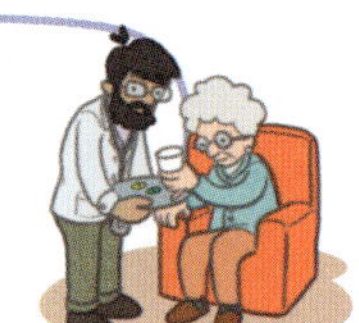

Los **servicios públicos** sirven para que las personas tengan lo que necesitan para vivir. Para ello hace falta que el ayuntamiento facilite los trabajadores y el equipamiento necesario.

1 Rodea los elementos según el código.

- Sanitarios
- De transporte
- De limpieza
- Educativos, culturales y recreativos
- De emergencia y seguridad ciudadana
- Sociales

2 Une cada profesión con el servicio público que le corresponde.

- limpieza
- emergencia
- transporte
- sanitario

3 ¿Qué servicios públicos te parecen más importantes? ¿Por qué?

4 ¿Qué servicios públicos usas habitualmente? ¿Cuál de ellos te gustaría que hubiera cerca de tu casa?

¿Pasajero, peatón o conductor?

Ismael ha descubierto las señales de tráfico. Así podrá conocer las normas para moverse con seguridad por las calles de su localidad.

La seguridad vial

En cualquier localidad encontramos **peatones** y **vehículos con pasajeros**. Para facilitar la circulación de todos y evitar accidentes, existen **señales** de tráfico y **normas** de circulación y seguridad vial.

Los **guardias de tráfico** hacen señales con el brazo, el silbato o desde un coche.

Los **semáforos**, con sus señales luminosas, indican a los vehículos y peatones cuándo deben pasar o detenerse.

Las marcas de la **calzada** separan los carriles, indican la dirección o nos prohíben o permiten pasar.

Según su forma, las señales obligan, prohíben, informan o avisan a peatones y vehículos.

Los guardias de tráfico, las señales, los semáforos y las marcas de la calzada ayudan a que peatones y vehículos se desplacen de forma segura. Para ello es necesario seguir las **normas de seguridad vial**.

1 Lee y escribe V si es verdadero y F si es falso.

1. Los niños y bebés necesitan asientos especiales para el coche.
2. Si un coche va muy despacio, no hace falta usar el cinturón.
3. No se puede tirar nada por la ventanilla del coche.
4. Si miramos bien, podemos cruzar la calzada por cualquier lugar.
5. Si corremos, podemos coger el autobús fuera de la parada.

- Anota el número de las normas que son para los pasajeros de un coche.

2 ¿Adónde va el coche? Para averiguarlo, sigue las señales y traza el camino.

Taller de descubrimientos

Conozco mi localidad

En la ciudad donde vive Ismael hay varios barrios y diferentes zonas, como el centro histórico o las afueras.

PASO 1 Me fijo en los símbolos que se utilizan en los mapas para dar información y completo el gráfico de mi localidad con algunos de ellos.

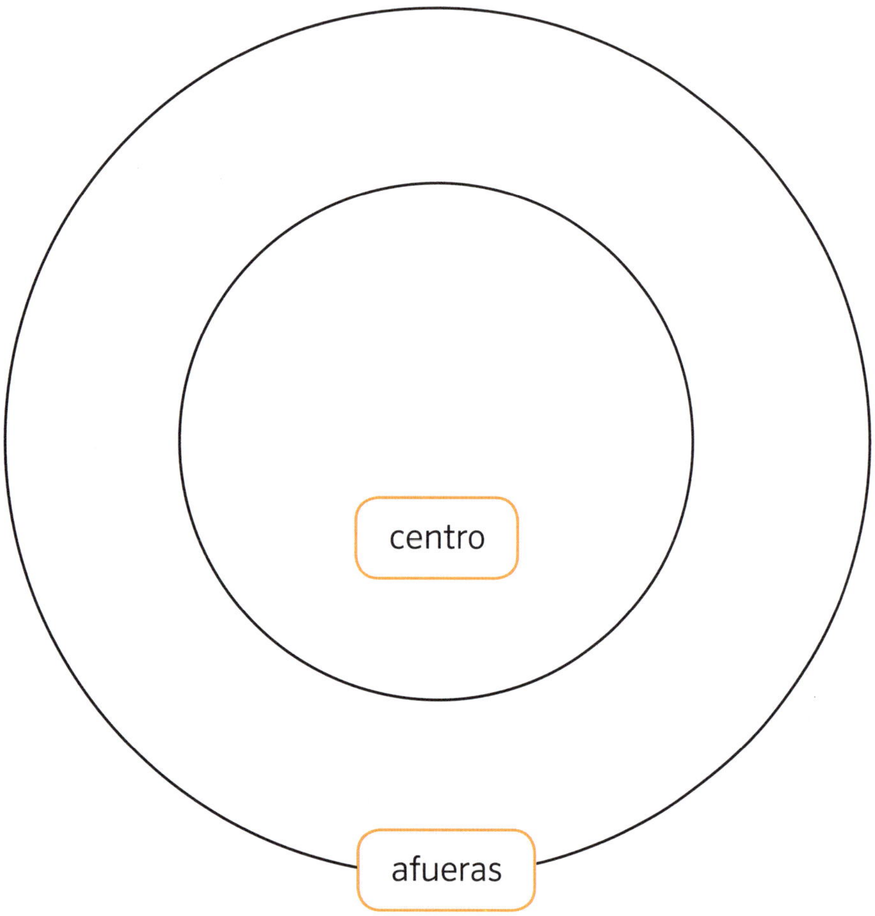

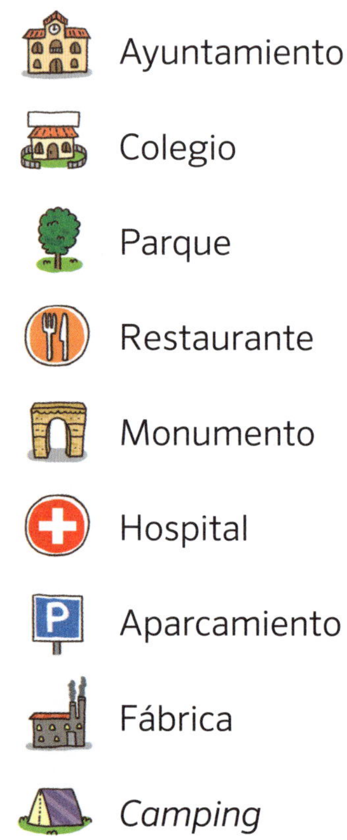

PASO 2 Rodeo los símbolos que he dibujado según el código.

- casco antiguo (rojo)
- zona industrial (azul)
- zona residencial (verde)
- zona rural (amarillo)

PASO 3 Comparo el resultado con el de mis compañeros y comento con ellos las semejanzas y diferencias.

Leo y pienso

¿Qué pasaría si no existieran las normas?

Ayer mis padres me obligaron a ir a dormir justo cuando iba a terminar el último capítulo de mi libro. Entonces deseé que desaparecieran las normas en casa, en el colegio, en los juegos, en los deportes, en la ciudad… ¡en el mundo!

Al rato, me paré a pensar e imaginé cómo sería un mundo sin normas. Entonces comprendí que, para convivir, necesitamos organizar nuestros derechos y obligaciones. Si no, resultaría imposible. Los padres, profesores, árbitros o policías, entre otras personas, nos ayudan a cumplirlas.

1. ¿Qué podría ocurrir en tu casa si no existieran normas? ¿Y en el colegio?

2. Algunos de nuestros derechos son: la educación, la familia, la alimentación o la vivienda. ¿Qué otros derechos crees que deberían tener todas las personas? Escribe.

3. Además de derechos, también tenemos obligaciones. ¿Cuáles te resultan más difíciles de cumplir? ¿Por qué? Escribe.

Repaso

1 Completa.

una casa ______ un b ______ una l ______ un municipio

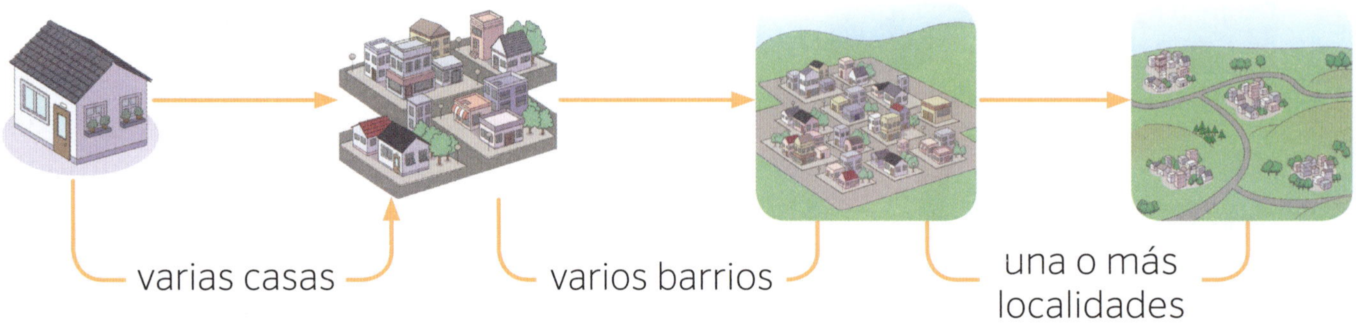

2 Elabora un esquema con las siguientes palabras: **servicios públicos**, **sanitarios**, **de emergencia y seguridad**, **de limpieza**, **sociales**, **de transporte** y **educativos, culturales y recreativos**.

3 Tacha la opción incorrecta y completa.

En un [barrio | puerto] hay casas, calles y plazas.

Varios barrios forman una ______, que puede ser un pueblo o una ______.

Una o varias localidades forman un [paisaje | municipio] gobernado por un ______.

4 Completa las señales y explica a tus compañeros qué significan.

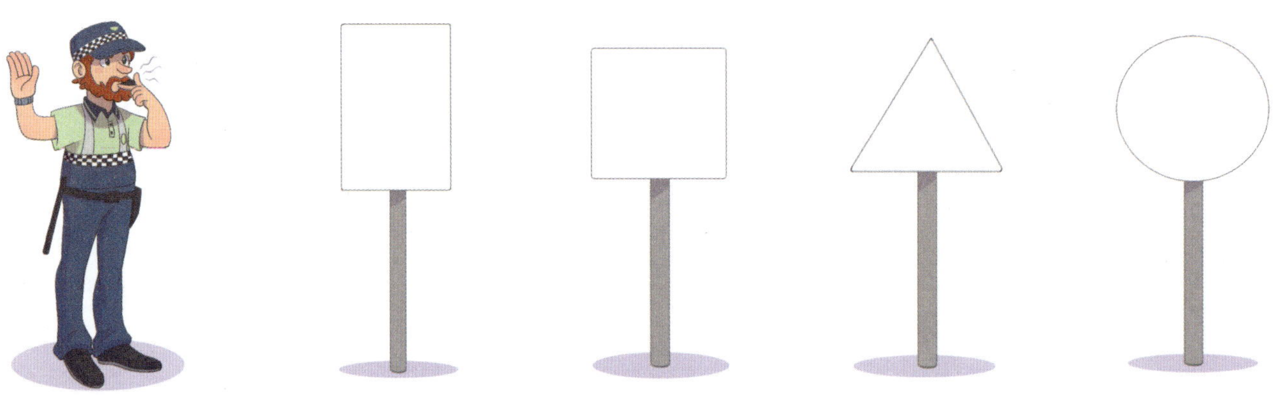

5 Busca cuatro servicios públicos en la sopa de letras. ¿Conoces alguno más? Escríbelos.

S	E	G	U	R	I	D	A	D
O	M	D	R	E	N	G	G	Y
C	E	M	J	C	D	I	E	C
I	U	F	T	R	A	N	D	K
A	H	K	Y	H	G	L	U	V
L	I	M	P	I	E	Z	A	U
E	Y	I	D	O	J	T	S	B
S	A	N	I	D	A	D	A	C

6 Rodea de verde a las personas que están siguiendo las normas de convivencia y de rojo a las que no lo hacen.

Ponte a prueba

María y Javi han ido a consultar el programa de festejos. Pero ¡parte del cartel se ha borrado con la lluvia! ¿Les ayudas a completarlo?

Fiestas de: ______________ **Año:** ....

VIERNES, 18 DE AGOSTO

Noche

.... Pregón de fiestas

12:00 Verbena

SÁBADO, 19 DE ______________

Mañana

9:30 Romería

Tarde

6:00 Juegos populares

10:00 Desfile de ______________

Noche

12:00 Barracas

DOMINGO, ... **DE AGOSTO**

Mañana

10:00 Chocolatada

11:00 Campeonato de ______________

12:00 Fuegos artificiales

Tarde

6:00 Campeonato de ______________

7:00 Atracciones infantiles

N______________

9:00 Torneo de bolos

11:00 Verbena

Busca en el diccionario las palabras que no conozcas y comenta su significado con tus compañeros.

- ¿Cuántos días duran las fiestas? ______________
- En el horario del domingo hay un error, búscalo. ¿Qué crees que ha ocurrido?

____

- ¿Qué actividad hay dos horas después del desfile?

____

Tarea final

¡Qué bonita es nuestra localidad!

Ismael ha aprendido mucho sobre la localidad de María y se ha dado cuenta de que le faltan muchas cosas por conocer en la suya propia. ¿Te pasa a ti lo mismo?

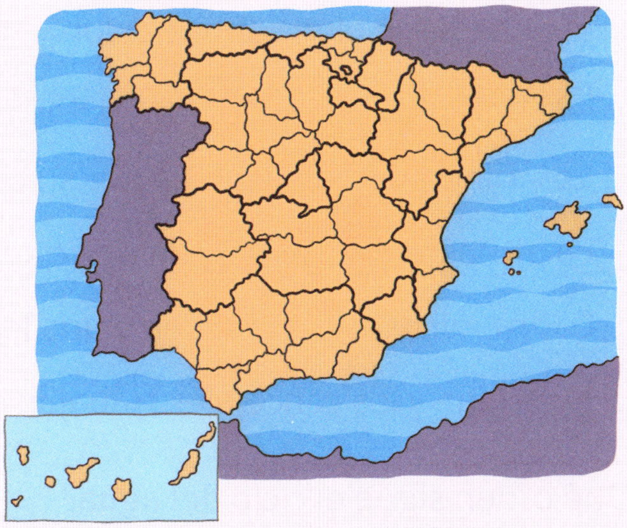

PASO 1 Entre toda la clase, buscad vuestra localidad en un mapa de España. Buscad la provincia y la comunidad autónoma a la que pertenece.

Después, marcad esa información en este mapa.

PASO 2 Completa la ficha sobre tu localidad.

Nombre: ____________

Nº de habitantes: ____________

Gentilicio: ____________

Después, en equipos, investigad sobre las costumbres, la gastronomía, la historia y los monumentos.

PASO 3 Cada equipo hace un mural con la información que ha obtenido y lo explica a sus compañeros.

PASO 4 Por último, con los datos recogidos, redactad dos normas que ayuden a cuidar los aspectos de vuestra localidad que habéis investigado.

Comprueba lo que has aprendido

Test

¿Qué has aprendido? Realiza el test y compruébalo.

1. Escribe **V** si es verdadero y **F** si es falso.

- ☐ El agua tiene olor, sabor y color.
- ☐ Las rocas forman parte de los minerales.
- ☐ Los minerales se clasifican por su color, textura, brillo y dureza.
- ☐ La atmósfera es la capa de aire que rodea la Tierra.
- ☐ Los municipios pertenecen a una localidad.
- ☐ El alcalde y los concejales trabajan en el ayuntamiento.

2. ¿Qué orden sigue el ciclo del agua?
Elige la opción correcta.

- ☐ 
- ☐ 
- ☐ 

3. ¿Qué se puede construir con minerales? Marca.

☐  ☐  ☐  ☐  ☐ 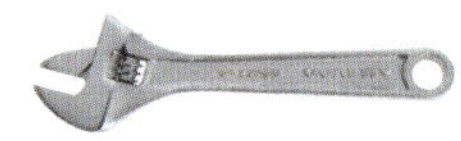

4. ¿Qué quieren decir estas señales?

☐ Prohibido ☐ Peligro

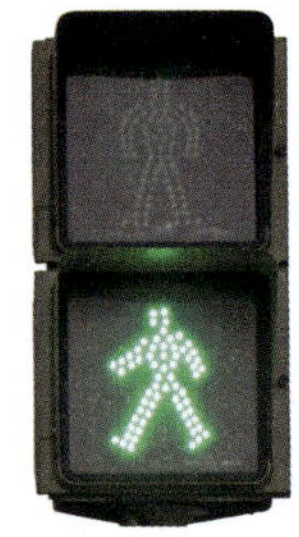

☐ Detenerse ☐ Cruzar

Agua por todas partes

1. ¿Qué tiempo hace en cada escena? Une cada imagen con un símbolo.

2. Completa y colorea los marcos de las fotografías según el código.

- El agua, en estado líquido, cae con relámpagos. Es la ______________.
- El agua no se ve. Hace ______.
- El agua está en estado sólido. Es la ________.
- La nube está cerca del suelo. Es la ________.

3. ¿Qué lugar se parece más a tu localidad? Marca.

4. ¿Qué servicios públicos crees que son más importantes en cada lugar? ¿Por qué?

Imagina...

5. Si viajaras a los lugares de las fotografías, ¿qué harías en cada lugar?

Vemos con nuestros *arteojos*

PROYECTO TRIMESTRAL
Descubrimos el arte

En busca del arte

Los artistas representan en sus obras lo que ven a su alrededor. También el agua, la tierra e, incluso, los fenómenos meteorológicos.

1 ¿Qué ves en estos cuadros? Completa.

La tormenta y el viento han formado una gran ______.

La gran ola. Katsushika Hokusai

Érase una vez. Paul Gauguin

En un paisaje, las diferentes rocas dan distintos ______ a la tierra.

Ha caído ______ y hace tanto ______ que dobla los árboles.

La nevada. Francisco de Goya

2 Investiga qué hay en tu localidad o municipio y completa.

	¿Qué hay?	¿Cómo se llama?	¿Lo he ido a ver?	¿Me ha gustado?
 Un museo				
 Una escultura				
 Un castillo o palacio				

3 ¿En qué lugar de tu localidad o municipio te gustaría que hubiera una escultura? Dibuja como te la imaginas. ¿Qué material reciclable utilizarías?

5 ¡Cuántos trabajos!

Hablamos y descubrimos

Ismael va con sus padres a comprar al supermercado que hay a las afueras de su ciudad. Van a comprar tomates. ¡Le encantan!

Después van a comer macarrones con tomate, en un restaurante cercano. ¿Vendrán esos tomates del mismo sitio?

1. ¿Qué hay a las afueras de la ciudad donde vive Ismael? ¿Qué va a hacer allí?

2. Busca y encuentra. Rodea de ◯ los diferentes medios de transporte.

3. Escribe tres profesiones de la escena.

4. Escucha las conversaciones y rodea de ◯ los lugares de donde proceden.

5. ¿Qué pasa con los tomates que llegan a una fábrica de tomate frito? ¿Conoces otros productos que sigan el mismo proceso?

¡Qué importante es... valorar todos los trabajos!

¿Qué te gustaría ser de mayor?

Tarea final

Al acabar la unidad, descubriréis que todos los trabajos son importantes y necesarios.

Trabajos en la naturaleza

Ismael ha descubierto que de la naturaleza obtenemos **recursos naturales** y **materias primas**.

¿Quién obtiene los productos de la naturaleza?

El **agricultor** se encarga de cultivar la tierra para obtener frutas, hortalizas y verduras.

El **ganadero** cría animales para obtener alimentos y otros productos como la lana.

El **pescador** captura pescado y marisco en los ríos y mares para alimentarnos.

El **minero** extrae minerales de la tierra, como el diamante o el hierro.

Los **agricultores**, **ganaderos**, **pescadores** y **mineros** obtienen productos de la naturaleza. Son los **recursos naturales** y las **materias primas**.

1 Escribe cuatro materias primas.

2 Marca las actividades que realiza un agricultor.

- ☐ Dar de comer a los animales.
- ☐ Recoger fruta y verdura.
- ☐ Vender fruta y verdura.
- ☐ Regar el campo.
- ☐ Limpiar el establo.

3 ¿Qué nos proporciona cada animal? Une.

La oveja Liliana •	• nos da la piel y su leche.
Del cerdito Jacobo •	• nos lleva de paseo.
El caballo Romeo •	• se aprovecha todo, todo.
La vaquita Merche •	• nos da su leche y su lana.

4 Tacha los productos que no obtiene un pescador.

¿A mano o a máquina?

Ismael ha descubierto que con el algodón se hace mucha ropa. Pero no sabe cómo una flor se puede transformar en una camiseta.

¿Qué hacemos con las materias primas?

Las materias primas se transforman en **productos elaborados** en las fábricas o talleres.

En los **talleres** se elaboran los productos de uno en uno. Los artesanos utilizan sus manos y herramientas pequeñas como el martillo, las tijeras y el destornillador.

En las **fábricas** se elaboran muchos productos cada día. Los obreros utilizan grandes máquinas como el telar, la grúa o la sierra eléctrica.

En todos los trabajos son muy importantes las **medidas de seguridad** como cascos, mascarillas o guantes para proteger a los trabajadores.

Las materias primas se transforman en **productos elaborados** en las fábricas y en los talleres. En estos lugares de trabajo es necesario seguir unas **medidas de seguridad**.

1 ¿Qué productos elaborados podemos obtener? Completa.

leche	madera	hierro

2 ¿Es fábrica o taller? Escribe **F** si es fábrica o **T** si es taller.

3 Completa esta tienda con tres productos elaborados y tres que no lo están.

Trabajos que nos ayudan

En algunos trabajos no se obtiene ni se transforma ningún producto. Ismael quiere saber cuáles son. ¿Qué hacen esas personas?

Los servicios

Algunas personas realizan trabajos que ayudan a los demás ciudadanos.

Esas personas ofrecen servicios.

Nos ayudan a **comprar** lo que necesitamos.

Nos ayudan a estar **sanos y seguros**.

Mantienen **cuidadas** nuestras casas y localidades.

Nos ayudan a **aprender y nos entretienen**.

Transportan personas y mercancías.

Algunas personas ofrecen **servicios** a los demás. Nos ayudan a estar sanos y seguros, a aprender, a divertirnos o a cuidar nuestras casas y ciudades.

1 Resuelve el crucigrama y rodea las profesiones que nos ofrecen servicios.

1. Cuida parques y jardines.
2. Cultiva la tierra.
3. Enseña museos o ciudades.
4. Fabrica muebles de madera.
5. Apaga los incendios.
6. Presenta los programas de radio.
7. Vende fruta.

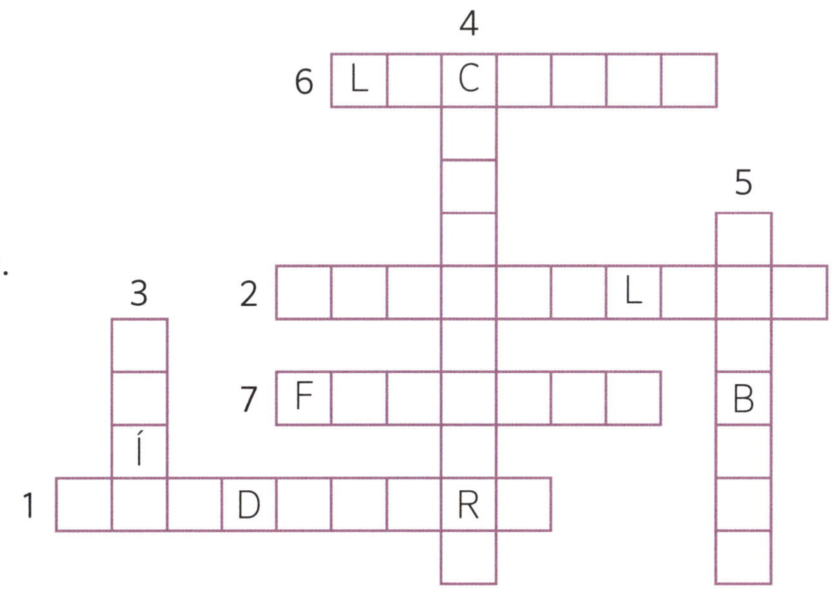

- Escribe otra profesión relacionada con los servicios.

____

2 Dibuja la profesión que corresponde en cada caso.

¿Por dónde se escapa el agua?

Chicos, hoy vamos a aprender algo sorprendente.

¿Desde cuándo le duele la garganta?

Buenos días, su habitación es la 203.

3 ¿Algún familiar tuyo se dedica a recoger materias primas o a transformarlas? ¿Alguno ofrece servicios a los demás?

Estamos conectados

Con permiso de sus padres, Ismael usa internet en la tableta para comunicarse e informarse.

Los medios de comunicación e información

Algunos medios de comunicación **nos informan o entretienen**. Otros, sirven para **comunicarnos** con los demás.

se escucha y se ve

Hay medios de comunicación que **ponen en contacto** o informan a muchas personas a la vez y otros, solo a una persona.

Para comunicarnos, podemos usar la **voz** y el **oído**, como cuando usamos el teléfono. En otras ocasiones la información nos llega por la **vista**.

Los locutores, presentadores y escritores trabajan en los medios de comunicación. Estas personas también ofrecen servicios.

se ve

se escucha y se ve

se escucha

se ve

Los **medios de comunicación** nos ayudan a estar informados de lo que ocurre en el mundo. También nos ayudan a divertirnos, a aprender y a comunicarnos con otras personas.

1 ¿Qué medios de comunicación hay en tu casa? Completa.

- Medios de comunicación que nos informan o entretienen:

- Medios de comunicación para comunicarnos con los demás:

2 Clasifica los medios de comunicación del ejercicio anterior.

Se escuchan	Se ven	Se escuchan y se ven

- Rodea de rojo los medios de comunicación que informan o ponen en contacto a muchas personas a la vez.

3 Une cada profesión con el medio de comunicación correspondiente.

Taller de descubrimientos

¿Qué dinero podemos ahorrar?

En el colegio de Ismael van a jugar a las profesiones. Ismael quiere ser bombero. Recibirá por su trabajo unos ingresos de 80 euros a la semana. Con ese dinero tendrá que pagar los gastos de transporte, casa, comida y ropa. ¿Cómo lo harías tu?

PASO 1 Anoto los ingresos y los gastos semanales. Cada gasto será menor de 20 euros. Después, sumo los gastos y calculo el total.

Ingresos	Gastos
	 ....
	 ....
80 €	 ....
	 ....
	Total ....

PASO 2 A continuación, resto el total de los gastos a los ingresos. Así sabré cuánto dinero ahorro.

Total de ingresos.

Total de gastos.

▶ He ahorrado .... €

PASO 3 En la lista de gastos rodeo los que considero más necesarios.

PASO 4 Reflexiono y dialogo con mis compañeros.

- ¿Podemos comprar todo lo que nos apetezca? ¿Por qué?
- Si hay más ingresos que gastos, ¿qué se puede hacer con el dinero que sobra? ¿Podemos guardarlo? ¿Dónde?
- ¿Es necesario ahorrar dinero? ¿Por qué?

PASO 5 Escribo en mi cuaderno cómo puedo ayudar a ahorrar dinero en casa.

Leo y pienso

Lo que el ojo no ve

¡Ha llegado *Velocísimo*! El coche que te transformará en un auténtico conductor de Fórmula 1. Diviértete horas y horas… ¡siente la velocidad en cada carrera!

Este coche de juguete es de plástico azul y tiene cuatro ruedas. Necesita pilas para moverse.

1. ¿Con cuál de los dos anuncios sabes mejor lo que compras?

2. Escribe algo del primer anuncio que no te parezca real.

3. ¿Por qué crees que algunos anuncios exageran la realidad?

4. ¿Qué deberíamos pensar y hacer cuando vemos los anuncios?

5. ¿Qué pasaría si no hubiera anuncios?

Repaso

1 Completa el esquema.

Tipos de trabajo

obtienen materias primas	elaboran productos	ofrecen servicios
agricultor ________ ________ ________	________ obreros	médico maestro pintor ________ ________ frutero...

2 Elabora un esquema con las siguientes palabras: **medios de comunicación**, **informan o entretienen** y **sirven para comunicarnos**. Después, completa el esquema con ejemplos.

3 Escribe en qué trabajan tres personas de tu familia y une.

Mi ____________ es ________________ .

Mi ____________ es ________________ .

Mi ____________ es ________________ .

- Obtiene materias primas.
- Fabrica o elabora productos.
- Ofrece servicios.

4 Piensa en los trabajadores que obtienen materias primas y completa.

El que cultiva la tierra se llama ________________ .

El que cría animales se llama ________________ .

El que pesca peces se llama ________________ .

El que extrae minerales es el ________________ .

5 Escribe dos materias primas. ¿En qué productos elaborados las transformarías?

materia prima	→	producto elaborado

6 Une los productos y las materias primas con que se elaboran.

- trigo
- huevos
- hierro
- aceitunas
- algodón

7 Rodea las personas que ofrecen servicios sanitarios y de entretenimiento.

Ponte a prueba

El trabajo de los niños es estudiar y también jugar y divertirse. Para aprovechar el tiempo es necesario planificar lo que vamos a hacer y saber qué tiempo le vamos a dedicar a cada actividad.

- ¿Cuánto tiempo dedicas a diario a cada actividad? Completa.

	Antes del colegio	En el colegio	Por la tarde	Antes de dormir	Total de horas
ESTUDIO					
JUEGO					
DEPORTE					
TELEVISIÓN					
FAMILIA					

- ¿A qué actividades crees que debes dedicar más tiempo? ¿Por qué?

- ¿A cuáles crees que dedicas demasiado tiempo? ¿Por qué?

- ¿En qué actividades has usado los medios de comunicación?

Escribe y completa el horario con las horas que te gustaría dedicar a cada actividad y compáralo con el horario real. Comenta las diferencias.

Tarea final

De la naturaleza a la tienda

Ismael ha aprendido que los productos llegan hasta nuestras casas gracias al trabajo de muchas personas. Vamos a investigar qué trabajos hacen falta para obtener algunos de los productos que compramos.

PASO 1 En grupos, elegid un producto que se pueda comprar en las tiendas.

PASO 2 Investigad y responded a las preguntas. ¿Por qué lugares ha pasado el producto desde que se obtuvo de la naturaleza? ¿Qué trabajadores han participado?

PASO 3 Ordenad la información obtenida.

PASO 4 Dibuja las tres profesiones que más te han gustado de todo el proceso.

6 Cuéntame una historia

Hablamos y descubrimos

Ismael ha visitado con su familia el Museo de la Historia de su ciudad. Cada vez que observa una pintura, una escultura o un resto arqueológico, se imagina que viaja en el tiempo y se convierte en un hombre prehistórico, un emperador romano o un famoso inventor. ¿Cómo sería la vida de un niño en esas época?

1. ¿Qué museo ha visitado Ismael? ¿Por qué son importantes los museos?

2. Busca y encuentra. Tacha los tres errores que hay en las obras de arte.

3. ¿Qué título pondrías a la escultura y a la pintura prehistórica?

   Escultura: ______________________

   Pintura prehistórica: ______________________

   ____

4. Escucha la audioguía y numera la obra que se explica en cada caso.

5. ¿Qué museos has visitado tú? ¿Qué es lo que más te llamó la atención?

¡Qué importante es... aprender del pasado!

¿Qué te gustaría conocer del pasado?

Tarea final

Al acabar la unidad, vais a organizar entre todos un museo escolar.

La historia de mi vida

Ismael se ha dado cuenta de que el pasado y el futuro pueden durar años, pero el presente es solo el momento que vive ahora mismo.

El tiempo pasa

Al cumplir años cambian nuestro cuerpo, nuestra forma de pensar, y nuestras costumbres y aficiones. Los animales, las plantas y los paisajes también viven cambios con el paso del tiempo.

En todos esos casos, lo que ya ha ocurrido es el **pasado**, lo que está sucediendo ahora mismo es el **presente** y lo que aún no sucedido es el **futuro**.

La **historia personal** de cada uno de nosotros está formada nuestro pasado.

PASADO

PRESENTE

FUTURO

El paso del tiempo hace que las personas, los animales, las plantas y los objetos cambien. Lo que ya ha sucedido forma parte del **pasado**, el momento actual es el **presente** y lo que ocurrirá más adelante es el **futuro**. El pasado de una persona es su **historia personal**.

1 Dibuja el pasado y el futuro del dibujo.

2 ¿Cómo ha cambiado la vida de los abuelos de Ismael? Ordena del 1 al 5.

3 ¿En qué ha variado tu cuerpo y tu forma de vivir desde que naciste? ¿Cómo han cambiado tus familiares? ¿Cómo crees que será tu familia en el futuro?

4 Observa el árbol genealógico de Ismael y realiza el tuyo.

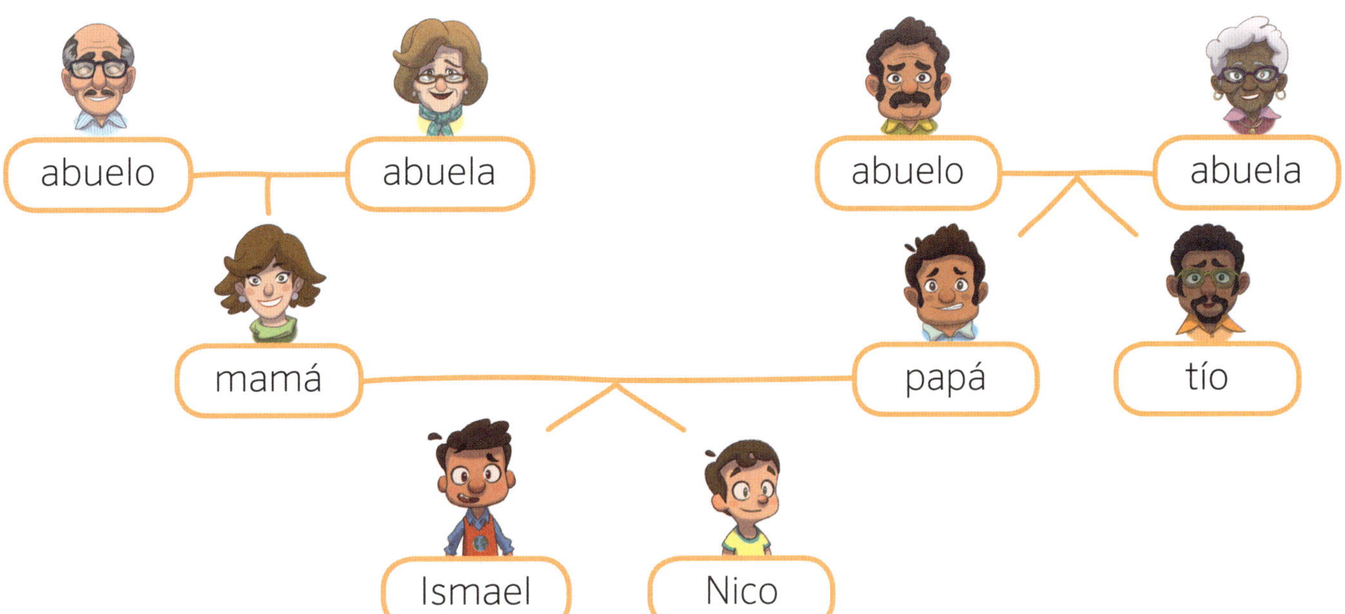

Un tiempo a medida

Aunque Ismael no lo vea, puede medir el tiempo. Por eso puede escribir en su **horario** lo que hace cada día y cuándo lo hace.

Instrumentos para medir el tiempo

Para medir el tiempo podemos usar el calendario y el reloj. Ambos nos permiten ordenar lo que sucede y conocer la duración de los hechos.

Hay que tener en cuenta que algunos hechos ocurren a la vez y otros en momentos distintos.

El **calendario** nos ayuda a organizar el tiempo en días, semanas, meses y años.

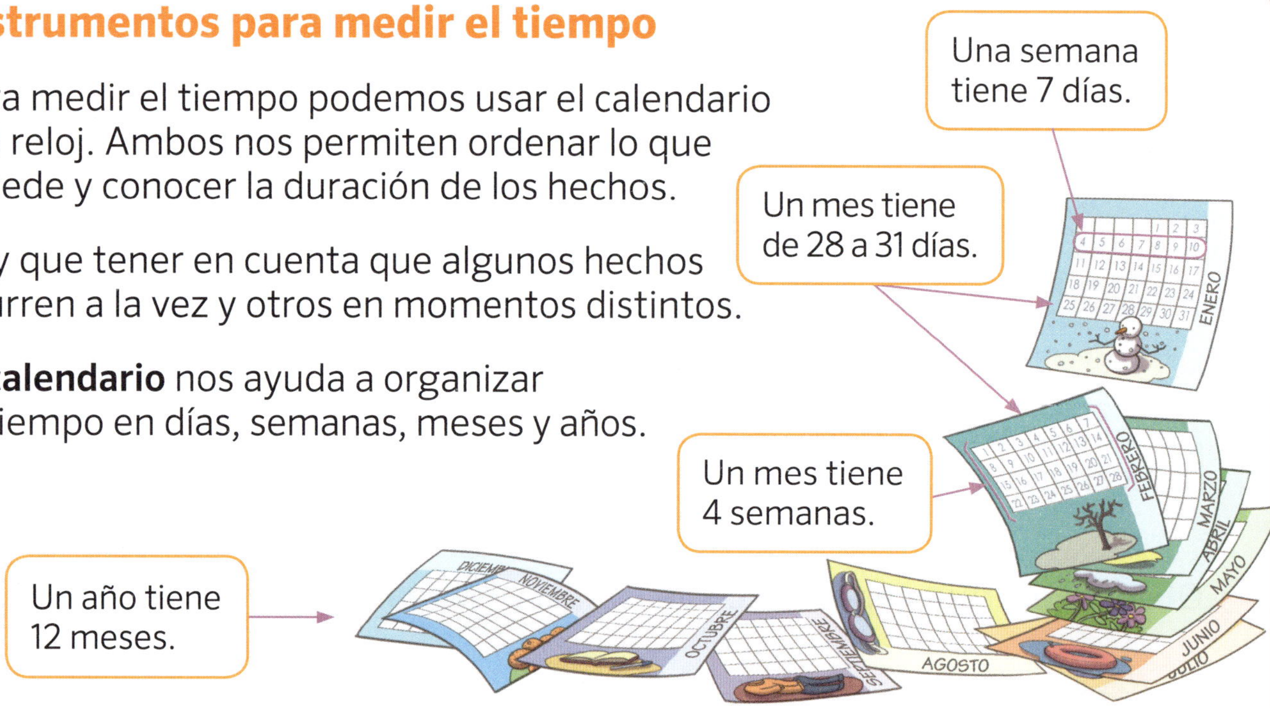

Con el **reloj**, podemos medir los segundos, los minutos y las horas. Un día tiene 24 horas.

Para medir el tiempo de un año usamos el **calendario**, en el que se indican los meses, las semanas y los días. Para medir el tiempo en un día utilizamos el **reloj**, que nos indica la hora, los minutos y los segundos.

1 Observa el calendario del mes en el que estamos y completa.

Estamos en el mes de ______________, que es el ______________ mes del año. Este mes tiene ______________ días y ______________ semanas completas.

2 Observa el calendario y colorea según el código.

vacaciones de verano — tu cumpleaños — Nochevieja

Enero

L	M	X	J	V	S	D
				1	2	3
4	5	6	7	8	9	10
11	12	13	14	15	16	17
18	19	20	21	22	23	24
25	26	27	28	29	30	31

cumpleaños de Ismael (6)

Febrero

L	M	X	J	V	S	D
1	2	3	4	5	6	7
8	9	10	11	12	13	14
15	16	17	18	19	20	21
22	23	24	25	26	27	28

Marzo

L	M	X	J	V	S	D
1	2	3	4	5	6	7
8	9	10	11	12	13	14
15	16	17	18	19	20	21
22	23	24	25	26	27	28
29	30	31				

Abril

L	M	X	J	V	S	D
			1	2	3	4
5	6	7	8	9	10	11
12	13	14	15	16	17	18
19	20	21	22	23	24	25
26	27	28	29	30		

Mayo

L	M	X	J	V	S	D
					1	2
3	4	5	6	7	8	9
10	11	12	13	14	15	16
17	18	19	20	21	22	23
24	25	26	27	28	29	30

Junio

L	M	X	J	V	S	D
	1	2	3	4	5	6
7	8	9	10	11	12	13
14	15	16	17	18	19	20
21	22	23	24	25	26	27
28	29	30				

Julio

L	M	X	J	V	S	D
			1	2	3	4
5	6	7	8	9	10	11
12	13	14	15	16	17	18
19	20	21	22	23	24	25
26	27	28	29	30	31	

Agosto

L	M	X	J	V	S	D
						1
2	3	4	5	6	7	8
9	10	11	12	13	14	15
16	17	18	19	20	21	22
23	24	25	26	27	28	29

Septiembre

L	M	X	J	V	S	D
		1	2	3	4	5
6	7	8	9	10	11	12
13	14	15	16	17	18	19
20	21	22	23	24	25	26
27	28	29	30			

Octubre

L	M	X	J	V	S	D
				1	2	3
4	5	6	7	8	9	10
11	12	13	14	15	16	17
18	19	20	21	22	23	24
25	26	27	28	29	30	31

Noviembre

L	M	X	J	V	S	D
1	2	3	4	5	6	7
8	9	10	11	12	13	14
15	16	17	18	19	20	21
22	23	24	25	26	27	28
29	30					

Diciembre

L	M	X	J	V	S	D
		1	2	3	4	5
6	7	8	9	10	11	12
13	14	15	16	17	18	19
20	21	22	23	24	25	26
27	28	29	30	31		

- ¿Cuántos domingos hay desde tu cumpleaños hasta la Nochevieja?

____

- Observa el calendario y escribe dos acontecimientos que ocurren a la vez.

____

3 Mira el reloj y contesta.

- ¿Cuánto falta para salir hoy del colegio? ______________
- ¿Y para acostarte? ______________

4 Realiza un horario de un día de clase y otro de un día de fiesta. Compáralos.

Descubro la gran Historia

Ismael ya sabe que conocer su historia personal es sencillo. Sin embargo, no le parece fácil averiguar el pasado de los seres humanos.

La Historia

Ismael ha descubierto que los **historiadores** investigan el pasado de los seres humanos desde que aparecieron en la Tierra.

Para conocer la Historia podemos visitar **edificios antiguos y museos**. Allí hay restos del pasado, como escritos, obras de arte, herramientas o fotografías de las distintas épocas.

Existen cinco grandes **épocas históricas**:

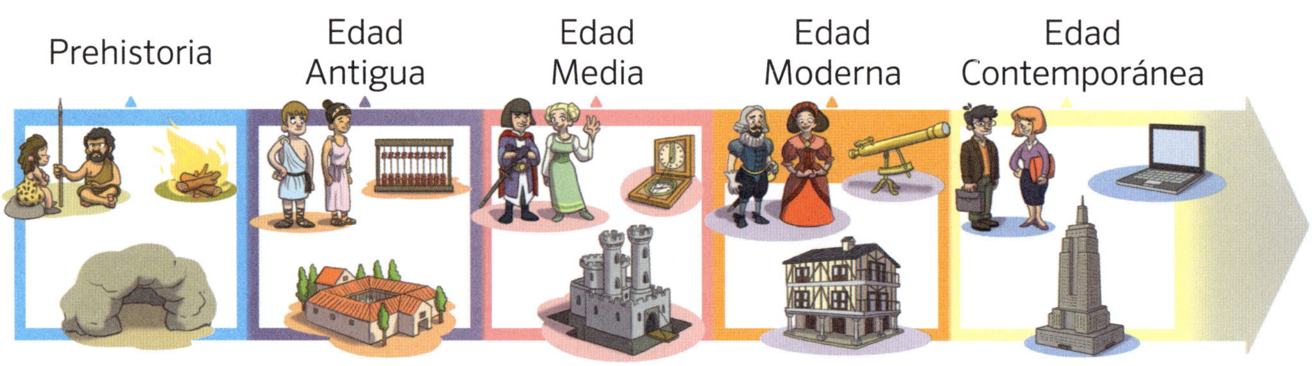

Con el paso del tiempo, **la vida de las personas** ha ido cambiando gracias a la evolución de la vivienda, el vestuario, los trabajos o los medios de comunicación.

La **Historia** estudia el pasado de los seres humanos. Está formada por la Prehistoria, la Edad Antigua, la Edad Media, la Edad Moderna y la Edad Contemporánea. Podemos conocerla gracias a los **restos históricos**.

1 ¿Cómo se llaman las grandes etapas de la Historia?

2 Lleva a cada personaje hasta los monumentos de su época. Después, ordena las construcciones de la más antigua a la más moderna.

3 ¿Cómo se clasifican los siguientes restos históricos? Une.

escritos

utensilios

arte

imágenes

4 ¿Qué crees que podemos hacer para proteger los restos del pasado?

Cambiaron la Historia

Ismael quiere inventar o descubrir algo que mejore la vida de las personas. ¡Quiere ser un gran inventor!

Grandes inventos y descubrimientos

A lo largo de la Historia, grandes inventos y descubrimientos han cambiado el mundo. Científicos, descubridores y gobernantes han sido muy importantes para mejorar la vida de las personas.

1. El descubrimiento del **fuego** permitió a los hombres calentarse, iluminar y cocinar.

3. Cristóbal Colón, con ayuda de los Reyes Católicos, descubrió **América** . Así se conocieron nuevos lugares, costumbres y alimentos.

5. El **teléfono** permitió que dos personas pudieran hablar desde lugares diferentes.

Prehistoria → Edad Antigua → Edad Media → Edad Moderna → E. Contemporánea

2. Gracias a la **imprenta** de Gutenberg fue posible copiar muchos libros.

4. La **electricidad** cambió la forma de iluminarnos y calentarnos.

6. Con el **ordenador** e **internet** aprendemos, nos divertimos y nos comunicamos.

Muchos **inventos** y **descubrimientos** han hecho evolucionar el mundo y han mejorado la vida de las personas. También han sido importantes muchos descubridores, científicos, artistas y gobernantes.

1 Ordena estos inventos del más antiguo al más moderno.

2 ¿Qué ocurriría si no existieran estos inventos? Escribe.

- Si no existiera la rueda...

- Si no existiese internet...

3 Une cada viñeta con cada momento del viaje de Cristóbal Colón.

salida | llegada | descubrimiento | navegación

Taller de descubrimientos

Construyo mi línea del tiempo

Ismael ha aprendido que ordenar el pasado nos ayuda a comprender nuestra propia historia y a recordar los momentos más importantes que hemos vivido.

PASO 1 Recuerdo y escribo los momentos más importantes de mi vida. Anoto en fichas qué ocurrió en cada caso. Añado cuándo, cómo, dónde y con quién estaba.

PASO 2 Pregunto a mis familiares sobre los hechos pasados de su vida. Los comparo con mi pasado.

PASO 3 Con ayuda de mi familia, consulto álbumes de fotos o grabaciones de vídeo para hallar más información.

PASO 4 Dibujo una línea del tiempo con un espacio para cada año de mi pasado. La completo con las fichas que he preparado, fotografías y dibujos.

PASO 5 Comparo mi línea del tiempo con la de mis compañeros y comento con ellos las semejanzas y diferencias.

PASO 6 ¿Qué es lo que más me ha gustado de mi línea del tiempo?

Leo y pienso

¿Qué pasaría si existiera la máquina del tiempo?

Cosas que hace años parecían imposibles se han hecho hoy día realidad. Volar, hablar al instante con cualquier persona del mundo o viajar al espacio eran fantasía hasta hace muy poco.

Muchas personas han imaginado también que viajan al pasado o al futuro en una máquina del tiempo. Es emocionante imaginar cómo serían nuestros abuelos de niños, cómo será todo dentro de 800 años o cómo era la vida en un castillo.

1 ¿Adónde viajarías con la máquina del tiempo? ¿Qué harías?

2 Haz un dibujo de tu viaje al futuro.

3 ¿Qué te gustaría inventar? Escribe.

Repaso

1 Completa el esquema.

El tiempo

- Se divide en...
  - ______
  - presente
  - ______
- Se mide con...
  - el reloj
    - segundos
    - ______
    - ______
  - ______
    - días
    - ______
    - ______

2 Completa el texto.

El ______ ocurrió antes, el ______ está pasando ahora y el ______ sucederá después.

Las grandes etapas de la Historia son ______

______

______

3 Fíjate en el horario y escribe cuánto dura cada actividad. Después, ordena las actividades de menor a mayor duración.

◯ GUITARRA	◯ BALONCESTO	◯ PINTURA	◯ PATINAJE

______ ______ ______ ______

4 Ordena de menor a mayor duración.

semana | año | hora | mes | minuto

_______ < _______ < _______ < _______ < _______

5 Rodea las diferencias y marca la escena de la Edad Contemporánea.

6 Imagina que no existe la electricidad. ¿Qué otros objetos tampoco existirían?

____

____

____

Ponte a prueba

La leyenda de la Casa del Trueno

Cuenta la leyenda que, hace muchos años, existía una caverna donde siete magos creaban la lluvia y las tormentas.

Un día llegaron unos extranjeros, pero los magos querían que se fueran. Los magos comenzaron a lanzar truenos y relámpagos para asustarlos y estuvo lloviendo durante días.

Cuando los extranjeros se dieron cuenta de que los magos provocaban el temporal, los subieron a un barco con provisiones y nunca más los volvieron a ver. En ese lugar, los extranjeros construyeron la Casa del Trueno o templo del Tajín, que quiere decir "lugar de las tempestades".

- ¿Crees que el monumento de la fotografía es real? __________

- ¿Y la historia que nos cuenta la leyenda? __________ ¿Por qué?

  ____

  ____

- Marca lo que crees que ocurrió en realidad.

  - ☐ Los siete magos se fueron en un barco.
  - ☐ Existía una caverna.
  - ☐ Siete magos hicieron que lloviera.
  - ☐ Hubo lluvias y tormentas.

- Completa.

  En una leyenda hay datos reales y datos __________.

Busca información sobre el templo del Tajín. Comenta con tus compañeros las semejanzas y las diferencias entre la leyenda y la historia real.

Tarea final

Un museo en clase

En los museos se conservan obras de arte y objetos utilizados hace muchos años. Ismael, en su visita al museo, comprendió lo diferente que era la vida en el pasado.

PASO 1 En grupos, elegid un momento histórico. Juntos, investigad sobre un resto de esa época y fabricadlo con distintos materiales.

- Vivienda.
- Vestuario e indumentaria.
- Máquinas y herramientas.
- Medios de comunicación.
- Medios de transporte.
- Arte.

PASO 2 Elaborad murales con la información obtenida. Podéis añadir dibujos y fotografías.

PASO 3 Entre toda la clase, preparad un cartel con las normas del museo. Escribe la que te parece más importante.

____

____

____

PASO 4 Colocad la clase como si fuera un museo y... ¡que empiece la visita!

PASO 5 Podéis hacer una audioguía del museo con vuestras propias grabaciones.

Comprueba lo que has aprendido

Test

¿Qué has aprendido? Realiza el test y compruébalo.

1. Marca las oraciones correctas.

- ☐ Las materias primas son productos que se obtienen de la naturaleza.
- ☐ En todos los trabajos se obtienen o elaboran productos.
- ☐ Los medios de comunicación solo sirven para comunicarse.
- ☐ Hay tres grandes etapas en la Historia: pasado, presente y futuro.
- ☐ La Historia estudia el pasado de los seres humanos.

2. ¿Quién obtiene estos recursos naturales? Colorea.

◯ los pescadores ◯ los ganaderos ◯ los agricultores ◯ los mineros

3. ¿Qué se hace en un taller? Marca.

- ☐ Se fabrica una gran cantidad de productos en poco tiempo.
- ☐ Se utilizan las manos, y herramientas y máquinas sencillas.
- ☐ Se elaboran los productos de uno en uno.

4. ¿Qué mide los días, las semanas y los meses del año? Marca.

☐ 

☐ 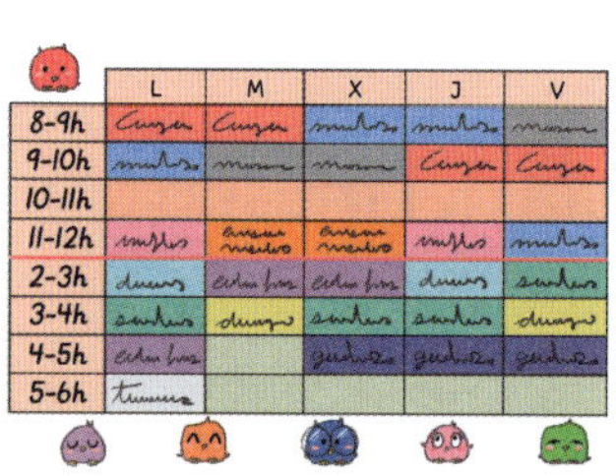

☐ 

Viaje al supermercado

1. Busca en la escena y completa.

Dos productos de la naturaleza: ____________________

Dos productos elaborados: ____________________

2. ¿Qué trabajadores hay en el supermercado? ¿Qué hacen?

3. Busca personajes u objetos en la escena y dibújalos donde corresponde.

Prehistoria | Edad Antigua | Edad Media | Edad Moderna | Edad Contemporánea

4. Rodea en la escena tres inventos muy importantes para el ser humano.

Imagina...

5. ¿Cómo crees que será un supermercado del futuro? Dibújalo.

Mi localidad cumple años

PROYECTO TRIMESTRAL
Descubrimos el arte

Un paseo por la Historia

A través de sus edificios, podemos ver cómo ha cambiado una localidad.

1 Lee las pistas y completa la ficha de cada edificio.

- ✓ El castillo se edificó en la Edad Media y está muy bien conservado.
- ✓ El rascacielos se contruyó en la Edad Contemporánea.
- ✓ El edificio más antiguo lo contruyeron los romanos y está en ruinas.
- ✓ El teatro pertenece a la Edad Antigua.
- ✓ El edificio más moderno incluye viviendas y oficinas.

Este teatro es el edificio más ______________.
Lo construyeron los ______________, en la
Edad ______________. Ahora está en ______________.

Este edificio es el más ______________ y se
llama ______________. Tiene ______________ y
______________. Es de la Edad ______________.

Este edificio se llama ______________.
Su ______________ es muy buena.
Fue construido en la Edad ______________.

2 Investiga sobre un edificio de tu localidad y completa la ficha.

- ¿Qué es? ____________________
- ¿Para qué se utiliza? ____________________
- ¿Quién lo construyó? ____________________
- ¿En qué época se construyó?

☐ Prehistoria ☐ Edad Antigua ☐ Edad Media

☐ Edad Moderna ☐ Edad Contemporánea

- ¿En qué parte de la ciudad se encuentra?

☐ en el centro ☐ en las afueras

3 ¿Cómo ha cambiado? Dibuja o pega una foto.

ANTES	AHORA

El libro **Ciencias Sociales 2.º de Primaria** forma parte del Proyecto Editorial de Educación Primaria de SM. En su realización h a participado el siguiente equipo:

Autoría
Pilar Menéndez
Juan Miguel Hidalgo y Vicente Moratalla (proyectos trimestrales)

Revisión pedagógica: Mercedes Garín

Edición: María Martín, Almudena Pérez, Elena Correa

Corrección: David Busto

Ilustración: Guillermo Berdugo, Luján Fernández, David Arumí

Fotografía: Sonsoles Prada, Javier Calbet, Fidel Puerta, Juan Baraja, Montse Fontich, Sergio Cuesta / ARCHIVO SM; María Galán Ventosinos; Pedro Carrión Juarez; Rodrigo Torres / GLOW IMAGES; THINKSTOCK / SHUTTERSTOCK; Hagemann / AGE FOTOSTOCK; ORONOZ; PRISMA; CORBIS; INGRAM; MUSEO ARQUEOLOGICO NACIONAL; INGIMAGE; THINKSTOCK; Ablestock; 123RF; MUSEO CANARIO; iStock; GETTY IMAGES; ALBUM

Edición gráfica: Javier de Agustín

Diseño de cubierta e interiores: Estudio SM

Responsable del proyecto: Vanesa Blanco

Coordinación de contenidos digitales: Mara Mañas

Coordinación editorial de Humanidades: Javier Rambaud

Coordinación editorial de Primaria: Nuria Vallina, Nuria Corredera

Dirección de Arte del proyecto: Mario Dequel

Dirección editorial: Aída Moya

Ilustración de cubierta
de Gusti,
del libro *Versos para contar*,
Ediciones SM, 2013.

ISBN General: 978-84-675-7511-8
ISBN Andalucía: 978-84-675-7535-4
Deposito legal: M-00.481-2015
Impreso en la UE / *Printed in EU*

Este libro está impreso
en papel procedente de
bosques gestionados
de manera sostenible.